一　学ランの少年

七十代の男性Nさんの話である。

四十年ほど前のことだという。

Nさんは当時小学生だった息子を連れて、近所の河川敷の雑木林にカブトムシを採りに出かけたそうだ。

夜が明けぬうちに到着したが、外灯がまったくないため、懐中電灯をそれぞれ手にして繁みのなかに分け入った。

父親としていいところを見せたいと、昼間のうちにNさんだけこの場所に来て、何本かの木の幹に蜂蜜を塗るなど仕掛けをしていた。それが功を奏したのか、何匹もカブトムシやクワガタが群がっていて、効率よくつかまえることができた。

たくさん採れたね、といって息子は喜んでいる。

するとそのとき、子どもが突然Nさんの腕を掴んで、

「お父さん、あそこに誰かいるよ。学生服を着たおにいちゃんみたい」

うわずった声でそういった。

一時間近くもこの場所にいたが、ひとの気配など感じなかったのだから、なにかの見間

違いだろうと、子どもの指差す先に灯りを照らしてみると、十メートルほど先の藪のなかに、たしかに黒い学ランを着た少年が立っている。体格の感じからすると、高校生ほどと思われた。

懐中電灯を照らしているのに、一向にこちらを振り向こうとしない。思いきって声を掛けたが、うつむきかげんにどこか遠くのほうを見つめたままで、なにも答えない。

おかしいなと思い、光を照らしながら近づいた瞬間、Nさんは愕（おどろ）きのあまり、ひゃっ、と声を出して後ずさった。

少年は立っているのではなかった。

ヤナギの木の枝に紐を引っ掛けて、首を吊っていたのである。見開かれた両眼は異常なまでに充血し、口の端から伸びた舌が捻じれるように飛び出していた。

すぐにNさんは子どもを連れて駐在所に駆け込んだ。

それから数時間に亘り事情聴取を受けたが、死体を見つけただけなので特に話せるようなことはなかった。しかし前日の昼間、仕掛けを作るために一度その場所に行っており、蜜を塗る木を選ぶためにその辺一帯を歩いていたのである。

そのときは首を吊った学生など見なかったのだから、仕掛けを作ってから翌朝までの間に少年は首を吊ったと考えられた。

それから一週間ほど経った頃、自宅でカブトムシを入れた飼育ケースを覗いていた息子が、

「お父さん、飼育ケースのなかに、なにか光るものが入ってるよ。これいったいなんだろう?」

そういうので、

「カナブンでも死んでいるんじゃないのか」

Nさんがそう答えると、そんなものは一匹も入れていないという。

どれどれ、とNさんが飼育ケースの蓋を開けて光る物体をつまみ上げてみると、それは校章の入った学ランの金ボタンだった。

そのうえ、土のなかに細かくちぎれた紙片のようなものがいくつも埋もれているので、すべて拾い出してつなぎ合わせてみたところ、高校の学生証に間違いなかった。それは金ボタン同様、自殺した少年が通っていた学校のものだったそうである。

氏名の部分は黒く滲(にじ)んでいて、どうやっても判読することができなかったという。

二　ジョン

　イギリス・ロンドンに住む日本人のUさんが、ハイドパークの芝生のうえで寝ころんでいると、少し離れたところに二十代後半ほどの、白人の若い男が不思議な動きをしている。

　なにをしているのかと観察すると、芝のうえに片膝をつきながら、虚空に向かって右の掌（てのひら）を出したり左の掌を出したりしていた。と、思うと、今度は手でなにかを撫でるような動作を繰り返し、あげくの果てには寝転がってひとりで身もだえしながら、

「ジョン、それは勘弁。顔舐められるとくすぐったいから！」

　そんなことをいっているので、これは少し変わったひとかもしれない、近づいてきたら面倒だな、と思っていると、

「あッ、ジョン、そっち行っちゃダメ！」

　そういいながらUさんのほうに向かって手を振っている。

　からかわれているのか――と思ったそのとき、芝に寝そべったUさんの頬を、姿の見えない何者かが二度ほど舐めたそうである。

三　枝垂れ桜

三十代の板金工Kさんの話。

十八年ほど前の春の夜、Kさんは気の合う友人たちと花見をすることになった。夜桜見物といっても実際は単なる宴会である。

街なかの人気スポットは花見客でごった返している。どこかいいところはないかと話していると、

「ちょっと辺鄙(へんぴ)なところだけど、俺いい場所知ってるぜ。樹齢四百年くらいの枝垂(しだ)れ桜で、ものすごいらしいよ。でも、山奥で行くのに不便なせいか、花見時期も行くひとはあまりいないみたいでさ」

友人のひとりがそういうので、そこにしようぜと意気投合し、各々原付に乗ってその場所へ向かった。

途中、国道沿いのコンビニエンスストアで酒と食料をしこたま買い込み、山道を一時間ほど掛けて走った末、ようやくその場所に辿り着いた。

外灯がひとつもないためひどく暗いが、夜空の明るさでも噂に違わぬ見事な枝垂れ桜であることがわかった。

樹齢四百年というだけあって、ごつごつとした太い幹と垂れ下った枝の迫力は街なかのソメイヨシノでは観られないものだった。

なにか巨大な化け物のように見えなくもない。

小型のランタンを持ってきている者が何人かいたので、それを灯す。それだけでも充分明るくなった気がした。

適当に車座になって、酒と食べものを配る。早速酔いが回って、大声でおちゃらける者もいた。

一時間ばかり経った頃、原付のヘルメット入れに忘れ物を取りにいった友人が、

「おい、あの枝垂れ桜の近くに墓があるぜ。もしかして、ここ墓地なんじゃないのか?」

という。墓地にはよく桜の木があるのはKさんも知っていたので、俄かにぞっとした。

おいおいマジかよ、と友人のひとりがランタンを手にして枝垂れ桜の近くまでいくと、

「あッ、本当だ。苔むしたみたいな古い墓だけど、いくつかあるよ」

と、そういった瞬間である。

飲み干したビールの空き缶すべてが、ぐしゃり、と瞬時に音を立てて潰れた。

思わぬことに皆絶句していると、手にしていた飲みかけのものまで潰れてしまい、躯中にビールの泡が激しく掛かった。

もうこんな場所にはいられないと急いで帰ることにしたが、Ｋさんは未開封のビールや食べ物をすべて墓の前に供えてきたそうである。

それからは花見に誘われることがあっても、その場所には絶対に行かないようにしているという。

四　松茸狩り

Wさんの祖父は松茸（まったけ）狩りの名人として知られているそうだが、過去に一度だけ不思議な体験をしたという。

普段は入らない山奥の松林を歩いていると、あちらこちらに立派な松茸が生えている。こんな場所があったとは、と愕いていると、太い松の木の向こう側に靴を履いたひとの足のようなものが見える。誰か寝ているのかと思ったが、こんな場所で眠れるはずがない。恐る恐る近づいていくと、見たことがないほどの大きな銀蠅（ぎんばえ）が羽音を立てながら飛び交っている。すぐにひとが死んでいるとわかった。

それは女性のようだったが、死後相当経っているらしく、見るも無残なありさまだった。しかし愕いたのは、その死体の周りを取り囲むように大量の松茸が群生していたことだった。

慌てて山を降りたが、警察へ通報するのも忘れ、松茸狩り仲間に女の死体を見つけたことを話した。とにかく行ってみようということになり、三人ほどで再び登ってみたところ、なぜか女の死体が見当たらない。お前の勘違いだろうと口々にいわれたが、どうしても納得がいかなかった。しかし、先ほどの場所に松茸の群生はそのままあったので、仲間たちは喜びながらすべて採っていったが、Wさんの祖父だけはまったくそんな気にならなかったそうである。

五　走り高跳び

Ｕさんは高校生のとき陸上部に所属していたが、グラウンドに走り高跳びのスタンドを設置すると、突然、見知らぬ男子生徒がそこに向けて走り出し、背面跳びでジャンプしたまま姿が消えてしまうという現象が度々目撃されたそうである。

男子生徒は緑色のＴシャツを着ているそうだが、背中には聞いたこともない学校の名前がプリントされていたという。

六　エンディング・ビデオ

二十代の女性、N美さんから聞いた話である。

四年前、N美さんの祖母はカラオケスナックで歌唱中に倒れ、病院に救急搬送されたが、その日のうちに亡くなってしまったという。元々心臓が弱かったが、急にそうなるとは家族の誰も思っていなかったそうだ。

無事に葬儀を終え、五日ほど経った頃のこと。

家族揃ってリビングでテレビを観ていると、突然画面が暗くなった。電源が落ちてしまったようだった。誰かが誤ってリモコンの電源ボタンを押したのかと思ったが、リモコンはテーブルのうえに置いてある。誰も触ってなどいない。

テレビは買ってからまだ三ヶ月も経っていなかったが、故障してしまったのかとみんなで話していると、電源が入る音とともに再びテレビが点いた。

「なんか調子悪いみたいだから、近いうちに買った店かメーカーに問い合わせてみるよ」

そう父親はいった。

すると今度は、部屋の照明が、ぱっ、ぱっ、ぱっ、と三度点滅した。

N美さんは怖くなり、姉の腕に抱きついた。

「いやねえ、近所で電気工事でもやっているのかしら」

そう母親はいったが、夜の十時をまわっているのだから、その可能性は低そうだった。

と、そのとき、今度は扇風機が音を立てて回り始める。

これにはさすがの両親も吃驚したようで、父親はコンセントのところへ行くと、コードを引き抜いてしまった。

「点いていたのが消えるのならまだしも、消えていたものが点くってどういうこと？」

不思議そうな顔で母親はいった。

それから二日ほど経った頃、見知らぬビデオ会社から亡くなった祖母宛に荷物が届いている。

開封してみると、『ハッピー・エンディング・ビデオ』と書かれたＤＶＤが入っていて、同梱された説明書きを読むと、いわゆる終活ビデオのようだった。

生前、祖母がそんなことをしていたとは家族の誰も知らなかったので、皆愕いていたが、このＤＶＤを観てみようということになった。

「生い立ちというか、自分史みたいなものだったんですけど、お祖母ちゃんが大切にしていた若い頃の写真がたくさん使われていて、家族で見入っていたんです。今はこういうの作れるからいいよねって。後半はお祖母ちゃんのインタビュー映像になっていたんですけど――」

祖母のアップからインタビューは始まっていた。

亡くなる直前まで気に入ってよく着ていたグリーンのブラウスを身につけ、どこか緊張した面持ちである。

今まさに眼の前にいるような感じで、亡くなってまだそれほど経っていないのに、やけに懐かしく思え、目頭が熱くなった。父親も涙をいっぱいに溜めて、じっと画面を見つめている。

祖母は家族一人ひとりへ感謝の言葉を述べて、いままで本当にありがとうね、天国へ行ってもみんなを見守っているからね、といった。

最後にご家族の方みなさんにお伝えしたいことは、と問われた祖母は、

「そうねえ。いつもあなたたちの側にいるって示さないといけないわね。テレビを消してみたり、電気を消してみたりしてね。そんなときは、ああ、お祖母ちゃん近くにいるのかなって思ってくれればいいよ」

いつもの優しい笑顔で、そういっていたという。

七　胸の痛み

団体職員のYさんの話である。

今から五年前にYさんの父親は大動脈解離で亡くなったそうだが、その一年ほど前から胸が痛いと頻りに訴えていたという。

病院で診てもらったほうがいいと家族は口々にいったが、父親は医者嫌いのため、行きつけの居酒屋で昏倒するまで結局一度も行くことはなかったそうだ。

父親の葬儀を終えた翌日のこと。

突然、胸に差し込むような痛みをYさんは覚えた。

これまで味わったことのないほど強いもので、もしかしたら死んでしまうかもしれない、と感じるほどだった。

そのとき自宅には誰もおらず、救急車を呼ぼうとしたが、三分ほどで痛みは消えてしまったので、おそらく父の死で心労が祟ったのだろうと考えた。

ところが、それからというもの、週に一、二度の割合で、発作のように痛みが起きた。

一旦、それが始まると、呼吸もおぼつかないほどで、やっとの思いで携帯電話を手にするが、そのとたん、なにごともなかったかのように治まってしまう。

妻に相談すると、今すぐ病院に行くべきだといわれ、その日のうちに受診することにした。全身くまなく検査を受けたが、どこの箇所も特に異常は見られず、むしろすべての数値が理想的とまでいわれたので、首を捻るばかりだった。

父親の四十九日の法要を終えると、不思議なことにぱったりと発作はなくなったという。それでもあの痛みの恐怖心から、年に一度の人間ドックは続けているそうである。

八　フェアウェイを歩く男

四十年ほど前のことだという。

Aさんが働くゴルフ場で、妙な格好をした男が歩いている姿がよく目撃された。膝丈の着物に股引姿で脚絆を履いている。頭には笠まで被っていた。背丈は子どもほどだが、年齢は五、六十代と思われた。

まるで昔の農民のようないでたちで、フェアウェイの真ん中をのんびりと歩いている。不審に思った従業員が声を掛けると、陽に焼けた真黒な顔をしわくちゃにさせながら深々と頭を下げてくる。そしてラフのなかの一本の大木を指差し、なにかを懇願するように両手を合わせる。すると、いつのまにか忽然と姿が消えてしまうというのだった。

そうした頃、新しく入ったキャディの女性がその噂を聞きつけ、

「それは木の根元にそのひとが埋まっているんですよ。見つけてくださいと訴えているのね」

といった。

半信半疑だったが、男が指し示した木の根元を男性の従業員全員で掘ってみると、深いところから一体の白骨死体が出てきた。

警察に届け出たところ、だいぶ古いものだということが後にわかったそうである。

その後、スタッフ一同で懇ろに供養したところ、二度と男が現れることはなかったという。

九　食堂

編集者のEさんは、学生の頃に住んでいたアパート近くの食堂に初めて入ったとき、なんとはなしに居心地の悪さを感じたという。

なにが理由なのかはわからなかったが、とにかく早く出たくて仕方がない。しかし注文してしまった後なので、今更出て行くわけにはいかなかった。

ホールには五十代ほどの女性が立って、水を持ってきたり料理を運んだりしていた。厨房のなかを見ると、やはり同じ年頃の男性が忙しそうに鍋を振るっていたので、おそらく夫婦でやっているのかなとEさんは考えた。

ほどなく頼んだ中華丼が出てきたが、期待せずに口へ運ぶと、意外なことに味がいい。少なくとも、この界隈では一番美味いように感じた。

これならまた来てもいいかなと思った、その瞬間。

Eさんの頭のなかに突然、あるビジョンが鮮やかに浮かんだ。俄(にわ)かに総毛立ち、そうなるといくら飯が美味くても箸を進めることができない。

勘定置いとくよ、とテーブルに少し多めに金を置いて、そそくさと出てきてしまったそうである。

Eさんの見たビジョンは、厨房にいた男がホールの女性の首を絞めている映像だった。

なぜそんなものを見てしまったのか理解できないが、気のせいだとしても、なんだか気味が悪く、それ以降というもの、店に足を向けることができなかった。

その後、引っ越しを繰り返しているうちに、例の食堂のことはすっかり忘れていたが、二十年ほど経ったある日、テレビでニュースを見ていたEさんは、思わず目を疑った。

そこに映し出されたのは、一度行ってすぐに出てきたあの食堂で、すでに廃業して久しいようだった。

アナウンサーの説明によれば、十年ほど前まで食堂は姉弟のふたりで営んでいたが、弟のほうが同居する姉の介護に疲れて扼殺（やくさつ）したとのことだった。

十　血圧計

Yさんの働く特別養護老人ホームには最新の血圧計が一台常備されていて、日課のように計測するひとたちがいるそうだが、あるひとりの女性が測ると数値がすべてゼロになったりエラーが出たりする。

やり方が間違っているのでは、とYさんが横に立って操作してみても同じだった。

メーカーに問い合わせようかと思ったが、そうなるのはたったひとりのことなので、どうしたものかと様子を見ていると、女性は風邪を引いてこじらせてしまった。その後、病院に移ったが、容態が重篤化して亡くなってしまったという。

また、入居したばかりの男性が計測した際、女性のときと同じようにエラーが頻発するので、なにか不穏なものを感じていると、その日の夜に胸が苦しいといいだした。すぐに救急搬送したが、病院に着く前に心肺停止の状態に陥り、その後死亡してしまったそうである。

十一　縁

「こんなことってありませんか？」

そうC子さんは語る。

何十年も連絡をとっていなかった存在すら忘れかけていた人物のことがふと頭をよぎり、あのひとなにやってるのかな、と思い出す。それで調べてみると亡くなってしまっている。そんなことが多いのだという。

それを聞いて、私自身、過去に何度かやはり同じように何十年も会っていないひとのことを思い出し、友人知人を伝って調べてみたら亡くなっていた、という経験があった。それも一度や二度ではない。年齢のことを差し引いても、多すぎるように私も思っていたのだった。

「たしかにそういうことってありますね」

そう私が答えると、

「交流があった頃も、たいして仲がよかったわけではないんですよ。それなのにどうして何十年も経ってから突然意識にのぼるのか、それが不思議ですよね。私、こう思うんです。仲がいいと思っていたひとほど、人間としての結びつき――縁といったらいいんですかね、そういうものは希薄だったんじゃないかなって。逆に仲良くもなんともなかったひとが本当は自分にとって縁が近かった、そんなふうに感じるんです」

ですから――とC子さん。

「ひさしぶりに誰かが連絡をとってきたら、そのひとの意識に私のことが浮かんだのかなって思うんです。そうしたときは生活にも気をつけますし、体調に問題なくても病院に行くようにしているんですよ」

知人が亡くなったことを知ったときには、どんなに遠くても必ずお墓参りに行くそうである。

十二　レイス

スコットランドに住むルイスさんが大学のカフェテリアでコーヒーを飲んでいると、建物の外を見知った顔が歩いているのが視界に入った。

誰と思い出すまでもなく、それは幼馴染（おさななじみ）のチャールズさんだった。しかし彼はこの大学には通っていないはずである。ふと、自分に会いに来たのだろうかと思った。

「おい、チャールズ！　お前どうしてこんなところにいるんだ？」

窓から顔を出してそういうと、男は吃驚したようにルイスさんのほうを見上げ、満面の笑みを浮かべた。

「おお、そこにいたのか。まさか本当に会えるとは思わなかったよ」

ちょっと待ってろッ、とルイスさんは大声でいい、急いで友人のほうに向かった。

「久しぶりじゃないか。わざわざ俺に会いに来てくれたのか？」

そう訊くと、ああそうなんだよ、とチャールズさんは答えた。

「もう講義はないから一杯呑みに行かないか。来てくれたお礼に俺がおごるよ」

連れ立って近くのパブに行き、二時間ほどとりとめのない会話をした。

「今日は本当に吃驚したけど、来てくれてありがとう。最近なかなか会えないでいたからさ」

「そうだね。また来られるといいんだけど」

去り際にチャールズさんはそういって、ふたりは別れた。

その翌日、ルイスさんがチャールズさんとした話の内容について急に思い出したことがあり、それを伝えようと携帯電話を手に取った。

チャールズさんに電話を掛けたが、なぜか全然繋がらない。登録しているので間違っているとは思えないが、番号が変わってしまっているのかもしれなかった。

それから数日経った頃、今度は違う幼馴染の友人がルイスさんに電話を掛けてきて、

「おいッ、大変だ。チャールズが昨晩亡くなったらしい」

俄かには信じられない。つい数日前に会ったばかりではないか。

「……嘘だろ、三、四日前に一緒に呑んだばかりだよ。またどうして――」

「お前知らなかったのか。あいつ車で事故を起こして、ずっと入院していたんだよ」

それはいつの話だ、と訊くと、

「十日くらい前さ。それからあいつはずっとＩＣＵに入りっぱなしだったんだよ。さっき三、四日前に会ったっていったけど、さすがに記憶違いじゃないのか？」

そういうので、間違いなくその日にチャールズさんが自分の大学までやって来て、一緒

にパブに行ったことを話した。その日は課題の提出日だったので、日にちも四日前で間違いない。

おいおいマジかよ、と友人。

「それは生き霊（レイス）というやつじゃないか。ほら、この辺の伝説で、死に際にある者が周囲のひとたちの元に現れるという話は聞いたことがあるだろう？　君がチャールズに会ったとき、彼はまだ生きていたんだ。現実にはベッドのうえで横になっていたわけだが。いよいよ死を悟って、君の元に現れたんだろう――」

そういったという。

十三　寝言

看護師のY子さんの話である。

Y子さんの働く総合病院では、ある個室に入院した患者は決まって同じ寝言をいうようになるという。

――パパ、ぼく平気かな、ぜったいに大丈夫だよね？

入院しているのは、高齢者ばかりだというのに、子どものような口調で尋ねるようにそう口走るとのこと。

十年ほど前のある日、当時七十代の男性患者が、寝息を立てながらそんなふうにいうので、それを聞いた女性看護師は、少し愕きながらも優しい口調で、

「ええ、大丈夫ですから、安心してくださいね」

寝言にそう答えると、

「――ダメだったよ」

野太い大人の声――その患者のものかはわからないが――が、どこからともなく聞こえ、思わず怖気(おぞけ)立ち、逃げるように病室を飛び出たそうだ。

その個室のある場所は、十五年ほど前までは小児科病棟だったそうだが、時代の趨勢(すうせい)で

小児科はなくなり、一般の入院病棟に変わっていたそうである。

十四　大階段

中部地方のある県民ホールの大階段には幽霊が出るとの噂があるが、そこで写真を撮ると、その場にはいないはずの色々な人物が写るらしい。

ホールでは連日のように様々な催しが行われ、その度に何百、何千もの人々の出入りがあるという。亡くなった者たちにとって、この大階段という場所は、なにかしらの理由で強い執着の残る場所なのだろう――と、そのように近隣ではいわれているそうだが、地域の古老によれば、そこは県民ホールができるずっと昔から霊道だったという。

十五　ほくろ

Rさんの祖父は、彼が生まれる頃まで任侠の世界に身を置いていたという。前科は数え切れぬほどあり、刑務所を入ったり出たりの生活だったそうだ。

そんな祖父が亡くなる直前、家族にこんなことをいった。

「わしの眉のところにほくろがあるやろう。これはな、元々あったわけやない。あれから急にできてしもうたんや」

祖父の右の眉尻には、十円玉ほどもある大きなほくろがあった。Rさんからしてみたら物心がついたときからあったので、へえそうなんだ、といって愕いていると、

「最初に気づいたんは、ムショに入っとるときよ。日増しに大きくなるもんやから、皮膚ガンか思うたけど、この歳まで安泰やったから病気ではなかったな」

と、そういって笑ったが、

「わしが殺した男にも同じところにデカいほくろがあったんや」

真剣な表情でそう呟いたという。

十六　お化け屋敷

十年ほど前、Bさんが通っていた小学校のイベントで子ども縁日という行事があった。それぞれのクラスが射的（しゃてき）やくじ引きやスライム作りなど、出店のようなことをするのである。

Bさんのクラスはお化け屋敷をやることになった。

教室の壁や窓に暗幕を垂らし、迷路のようにして入場者を進ませる。所々に幽霊や西洋のモンスターに扮した生徒が待ち構えて、歩いてくる者たちを愕かす趣向だった。

Bさんはゾンビ役だったので、出口近くの死角になったところに待機して、最後に愕かすことになっていた。

次々と生徒はやってきたが、殆どが女子ばかりだった。

以前観たゾンビ映画のようにぎこちない歩き方で迫っていくと、凄まじい叫び声をあげながら教室の外に飛び出していく。ひとを愕かすことはこんなにも楽しいものなのかとBさんは感じたそうだ。

縁日の後、生徒たちにどのお化けが怖かったかというアンケートを採った。

すると、「逆立ちしながら青く光っている男の子が怖かった」という意見が複数あったので、Bさんのクラスメイトは皆吃驚してしまった。そんなお化けには誰も扮していなかったからである。

不思議に思っていたところ、お化け屋敷を催した教室には亡くなった男子生徒の幽霊が出るという話が、Bさんの父親が通っていた頃から噂されていたことを教えられたという。

十七　自動販売機

以前、Dさんが公園の近くの自動販売機でジュースを買おうと小銭を入れたところ、吸い込まれたまま反応がない。釣銭戻しのレバーも押してみたが、無駄だった。

クレームを入れようと管理しているところを探すと、会社ではなく個人の電話番号が記載されている。その場で電話を掛けてみると、中年の男性が出た。自販機が壊れていると告げると、

「ああ、すみませんねえ。いまちょうど……ところでしたから」

よくわからないので訊き返すのだが、男は同じ言葉を何度も繰り返すだけだった。

埒（らち）があかないので、Dさんのほうから電話を切ってしまった。小銭のことは諦めて、その場から立ち去ったという。

ところが――。

自宅に帰って妻に自動販売機のことをいうと、ひどく愕いた顔をする。

「あそこの自販機って、すぐ裏手にある家のひとが管理していたのよ。だから一本百円とか安かったでしょう。でもね、ほら、先月この街で一家心中があったじゃない？　それってあの家のことなのよ」

だから今はその家には誰も住んでいないのだという。そうなると、電話が繋がるのも自販機に電気が通っているのもおかしい話だった。

「それじゃ僕はどこに電話を掛けたというんですかね。男性の言葉もなんだかよく聞き取れないところがあって。それが――」

シヌ、といったような気がしたんです。

そうDさんは語る。

十八　森の女

五年ほど前の晩秋にDさんはフランス旅行に行ったそうだが、ひと通り観光を終えると、パリ・一六区にあるブローニュの森に行ってみたという。

夜は売春婦たちの客引き場として有名だが、昼間はランニングをする者や子どもが遊んでいるそうなので、危険なことはないだろうと思っていた。

森のなかの道路は落ち葉が路面を隠すほどだが、自転車に乗った男の子や散歩をする若者たちがいて、少なくとも明るいうちは都会のオアシスとして市民の憩いの場になっていることを感じた。

しかし歩いているうちに、売春婦らしき肌を露出した者たちがベンチに腰掛けていたり、地面のうえに直に座っていたりするのを見た。行き交う者たちを繁々と眺めているので、誰に声を掛けようか値踏みしているようだった。

その手の者たちが昼間もいることに愕いたが、どこの国も移民のようなひとたちは食べていくのに必死なのだなとDさんは感じ入った。日本人の、いかにも観光客然とした自分には、彼女たちは声を掛けてこないだろうと思っていると、突然背後から話し掛けられた。

普通ひとに声を掛けるときは「ボンジュール」や「エクスキューゼモア」などが一般的

だが、それとはまったく異なる言葉で、しかもあまりに早口とあって、なんといっているのかわからない。

すぐに振り返ると、胸元がやけに開いた黒いボンディングスーツを着た、メイクの濃い女が立っている。若くも見えれば、そうでもないようにも思えた。

やはり矢継ぎ早になにかいってくるが、理解できずに困っていると、女は両の掌を胸のところに上げて「やれやれ」といったジェスチャーをした。

Dさんが拙(つたな)いフランス語で、

「私は日本人の観光客です。あなたの言葉の意味がわかりません」

そう告げると、一瞬眼をまるくしたが、まるで汚いものでも追い払うような仕草をしながら脇の森のほうに歩いていく。ところが、三歩も進まぬうちにDさんの眼の前で女の姿は忽然とかき消えてしまった。木立ちのなかにまで入って探してみたが、やはりどこにもいなかったという。

「あの女のひとは僕になんといっていたのか、それが気になるんですよね。なんとなく言葉は覚えているのでフランス語の勉強を始めてみたんですけど、これだというのにまだ行き当たらないんです」

もしかしたらフランス語ではないのかもしれませんね――。
そうDさんは語る。

十九　終電車

四十代の会社員Jさんの話である。

今から十年ほど前、残業を終えて最終電車で帰宅していたときのこと。

Jさんの自宅がある駅は終点なので、座席に腰掛けながらうつらうつらとしていた。駅で停まる度に乗客たちは降りていき、あと二駅ほどで着く頃には、Jさんの車両には彼以外誰も乗っていなかった。いくら終電とはいえ、今までこんなことはない。

今日はずいぶん珍しいな、と思った、そのとき。

ぐらり、と一瞬、大きく電車が揺れた。

事故か、と思ったその瞬間、Jさんの膝に誰かが座っている。が、眼の前にはそんなひとはいない。スラックスを穿いた自分の足が見えるだけだ。

そもそも、この車両には誰も乗っていなかったはずである。しかし、はっきりと何者かに乗られている感覚があった。

「うわ、なんだこれはって、すぐに立ちあがろうとしたんですけど――」

両手首が掴まれたようになって動くことができない。そのうえ腐った玉ねぎのような強烈なにおいが、まるで息を吹きかけられるように否応なく鼻孔に入り込んでくる。

我慢できず激しくむせ込んだが、終着駅に着いたと同時に、膝のうえの重みや手首を掴む力、悪臭もとたんになくなり、転がり出るように電車を降りたという。

それ以来、残業することはあっても、終電に乗ることだけは避けているそうである。

二十　迎え盆

夏草がひどく伸びているので、Ｓさんが玄関周りの草むしりをしていると、

「迎え盆ですか。精が出ますね」

そんな声が聞こえ、顔を上げると見知った男性が立っている。しかし名前が出てこない。

「ああ、どうも。いやあ、雑草なんて育てた覚えはないんですけどねぇ。抜いても抜いても生えてくるもんだから厭になりますよ」

そう答えているうちに同じ自治会のひとであると気がついた。家はどこだか知らないが、きっと近くなのだろうとＳさんは思った。

その後、家に入って妻に自治会のひとに声を掛けられたことをいった。

「あのひと、名前なんていったっけな。ほら、十年くらい前に自治会の最後の野球大会でピッチャーやったひと。しかし、あのひと下手くそだったよなあ」

すると妻は、

「Ｆさんでしょう？　あのひと三年くらい前に亡くなってるわよ」

真顔でそう答えたという。

二十一　レッド・チェア

デンマークのコペンハーゲンに住むアグナーさんは、五年ほど前、ノーポート駅前で開催されている蚤(のみ)の市で一脚の古い椅子を買い求めたそうである。

それはレッド・チェアという椅子だったが、デンマーク人デザイナーのコーオ・クリントがデザインした一品で、彼が長年探し求めていたものだった。

そのような椅子がなぜこんなところに、と吃驚したが、オリジナルではなく、どこかの工房が復刻した製品かもしれなかった。いずれにしても破格だったうえに作りもいいので、気にしなかったそうだ。

座面も背もたれも革張りで、レザーの縁の部分には隙間なく鋲(びょう)が打たれている。その意匠をアグナーさんはとても気に入っていた。古いものとあって普段使いには向かないため、自宅リビングの眼に入る場所に置き、ことあるごとに眺めていた。

そんなある日、仕事から帰ってくると椅子の位置が変わっている。

ひとり暮らしなので、誰かが動かしたとは考えられない。空き巣が入ったような形跡もなかった。おそらく自分が無意識に移動させたのだろうとアグナーさんは思った。

ところが、それから数日経った夜、アグナーさんはその眼ではっきりと見た。

椅子が動く瞬間を、である。

まるで意識を持った四つ足動物のような動きで、二メートルほど緩慢に歩いたのだという。

目撃したのはその一度だけだが、なんだか薄気味が悪いので、友人にただで譲ってしまったが、貰った相手もすぐに誰かにあげてしまったようだった。

二十二　カラス族

元救急隊員のCさんの話である。

Cさんは現在七十代だが、六十歳の定年まで救急隊員を務めたそうだ。

その長きに亘る任務のなかで、たった一度だけ不思議な体験をしたという。

昭和五十六年のこと。

まだ夜が明けきらぬ早朝、公園のなかで男性が頭から血を流して倒れているとの通報があった。

現場に駆けつけてみると、奇妙な格好をした三十代ほどの若い男がうつぶせで横たわっている。全身黒づくめでかなり大きめの洋服を身に着けているので、まるで大きな手負いのカラスのようだった。

脈は弱く体温も低かったが、まだかろうじて息はある。頭を強く打っているようで右側頭部からの出血が激しかった。下手に動かしたら危険なので、慎重に身元の確認をするのだが、バッグや財布といったものを持ち合わせていないようで、なにもわからない。

頭部以外には異常は見られず、どこかを骨折しているということはなさそうだった。

鈍器のようなもので殴られたのだろうか——可能性はそれくらいしか思いつかない。

救急搬送できる病院を探しているときだった。

患部を押さえながらストレッチャーに乗せた男が、「うー、うーッ」と一度のけぞりながら呻（うめ）いたかと思ったら、皆の見ている前で忽然と消えてしまった。

報告書にどう書いたらいいか困ったという。

二十三　空気清浄機

二年前、主婦のT子さんはネットオークションで中古の空気清浄機を落札したという。家電製品の中古は故障していることが多いのは知っていたが、その製品は定価だと高いので、とても手が出ない。写真を見るかぎりでは綺麗だったし、説明文にも殆ど使用していないと記されていたので、入札する気になったそうだ。

数日して自宅に届いたが、専用の箱ではなく、スーパーマーケットでもらってきたとおぼしい小さめのダンボールを、ガムテープで乱暴につなぎ合わせたものだった。そのせいで開梱するのにかなり手間取った。

時間を掛けて取りだしてみると、空気清浄機自体は、説明文の通り、状態はよかった。付属品や説明書なども一式入っている。

機械のなかを開けて見ると、少し汚れているが、この程度なら自分でクリーニングすればいいだろうと、「商品の到着」の報告と「非常に良い」の評価を相手に送った。

空気清浄機を自宅のリビングに設置して、五日ほど経った頃である。

ママ友と久しぶりに家でお茶をすることになった。

約束の時間にママ友がやってきて、ケーキを食べながら色々な話をしていると、ふと妙なにおいをT子さんは感じた。

空気清浄機はフル回転で動いているというのに、これはいったいなんのにおいだろう。鉄のようなにおいだが、それが次第に強くなってくる気がした。

ママ友もなにかを感じているようだった。しかし、ひとの家のにおいのことなので、気を使って自分から口に出すことはないだろう。

T子さんはそう思って、

「なんだろう、なんか鉄っていうか、血みたいなにおいしない？」

と、そういった瞬間。

ママ友の両方の鼻から、ごぼごぼごぼっ、と音を立てながら、大量の血が流れた。

テーブルのうえの紅茶も真っ赤になり、カーペットにも血が飛び散っている。

T子さんは慌てながら抱えるようにして横に寝かせたが、ママ友の顔は蒼白だった。

「ごめんなさいね、汚しちゃってごめんなさいね――」

逆流した血が口のなかにあるようでひどく息苦しそうだった。

「うちは全然大丈夫だから心配しないで。それより救急車呼んだほうがいいよね？」

そう訊くと、少し横になれば平気だと思う、というので、しばらく様子を見ることにした。少し経ったら血は止まったが、大事をとってママ友はタクシーで帰宅したという。

その後も、時折、あのにおいを感じることがあり、これはもしかしたら空気清浄機のせいではないかと思ったが、鼻を近づけてみてもそんなにおいはしなかった。

しかし、血のにおいがするようになったのは、間違いなく空気清浄機が家に来てからである。これはやはりなにか欠陥のある品物だったのではないか。

今更クレームを入れて返品できるとは思えないが、落札ページを開き、出品者の住所を見ると、隣県のある街だった。その地名にどこか見覚えがあり、なんだったろうと思っていると、その頃、世間を騒がせた殺人事件のあった街であることを思い出した。

すぐにネットニュースなどを検索し、事件のあった住所を詳しく調べると、愕くことに出品者の住所と番地が殆ど同じだった。ストリートビューで見てみると、出品者の家は事件のあったアパートの真隣の家だったという。

「こんなことありえないって自分でも思うんですけど、その家の周辺の陰(いん)のようなものを空気清浄機が吸い取ってしまったんじゃないかなって。画像で見ても、悪い気がたちこめているというか、よくない感じのする場所でしたから」

そうT子さんは語る。

その後、空気清浄機はフリーマーケットで売ってしまったという。

二十四　弁天池

Eさんの住む地域に弁天池と呼ばれる枯れた池があったが、五年ほど前に土砂が運び入れられ整地された後、宅地として販売されたという。分譲は十戸ほどだったが、売れ行きはよくないようだった。

Eさんが気になっていたのは、池の中州にあった弁財天の祠をどうするのか、ということだった。すると後日、分譲地脇に元々あった二軒の民家の間の土地に、鳥居と祠が新しく造られた。土地は猫の額ほどだが、祠は以前のものよりも格段に大きく立派だったそうだ。

ところが。

新しい弁財天の両脇の民家で異変が起きた。

向かって右側の家には中年の夫婦が住んでいたが、ある日、夫が妻を扼殺し、自分も首を吊って死んでしまった。また左側の家では、住人である六十代の男性が高速道路で自動車事故を起こし、救急搬送されたが、数日後に亡くなったとのことだった。

いずれも新聞で報道されるような出来事だったが、そのふたつとも祠ができてからわずか二ヶ月ほどの間に起きたそうである。

それらのすべてが、移動された弁財天が理由かどうかは不明だが、

「事件や事故があったのは、元々住んでいたひとたちなんですよね。いわば、とばっちりというか。祠が移築されていなければ、あんなことは起きていなかったんじゃないか、などと近所では噂されています。弁天池の跡地に住んでいるひとたちには特になにも起きていないのが不思議なんですよね。ただ――」

まだ半分ほどしか埋まっていませんから、この先なにかあるかもしれませんけどね。

そうEさんは語った。

二十五　山手線

都内で印刷関係の会社に勤めるDさんが、営業先に向かうためJR山手線の外回りに乗っていると、田端（たばた）駅に差し掛かったとき、突然強烈な違和感をおぼえた。

座っている自分の両足――腰から下が他人のものに変わっているのである。

グレーのスーツを着ていたはずなのに、膝上丈のタイトな黒っぽいスカートに赤いピンヒールを履いているではないか。どう考えても女性の下半身だった。

思わず頭が真っ白になる。どうしてこんなことになっているのか。

駅で停まる度に多くの乗客が乗り降りするが、異様な眼でDさんを見てくる者はなぜかひとりもいなかった。

それは鶯谷（うぐいすだに）駅まで続いたという。

二十六　庭でしゃがむ女

Uさんは人生を振り返ったときに、理解できないことがひとつだけあるという。

小学校の低学年の頃、Uさんは自宅でハムスターを飼っていたが、なかでも一番可愛がっていた「ひまわり」という名前のメスが死んでしまったそうだ。

Uさんはひどく落ち込んだが、いつまでもそうしているわけにもいかない。どこかに埋めてあげようと、ひまわりの種を毎年撒いている庭の花壇の端に埋めて、小さな石を置いて墓を作ってあげたそうである。

すると、その翌日のことだった。

ハムスターの墓の前に知らない女がしゃがみ込んで、土くれをじっと見つめている。見たところ母親よりも少し若いようだが、その頃でもあまり着ているひとのいない黄色いワンピースのようなものを身に着けていた。その口元は絶えずもごもごと動いていて、呪文を唱えているか歌でも唄っているかのように見えた。

「知らない女のひとが庭にいるよ」

そう母親にいったが、少しカーテンをめくって外を覗いただけで、あらそう、と答えただけだった。

それからはUさんがひとりで家にいるときに限って女は現れるようになった。といっても、ハムスターの墓の前にしゃがみ込んで、ぶつぶつとなにかいっているだけだった。

それ以上のことはないので放置していたが、声を掛けてみようとは一度も思わなかった、とUさん。

女はいつも知らないうちにいなくなっていたが、一度、Uさんが見ている最中(さなか)に突然、消えてしまったことがあったそうだ。

その女もひと月ほどで姿を見せることはなくなったそうだが、いまでも当時のことをたまに思い出し、あれはなんだったのか、と不思議な気持ちになるという。

二十七　ダンス・スクール

四十代の主婦Uさんの話である。

子育てがひと段落したUさんはなにか趣味を持ちたいと思い、家の近くのダンス・スクールに通うことにしたという。

ダンスといってもどの踊りを習ってみたいという希望はなかったが、ひと通り見学してみて、無理なく続けられそうなものにしようと考えていた。スクールでは曜日ごとに行われているレッスンが違うので、月曜日から毎日のように見学に行った。

バレエ、日本舞踊、ジャズ、ヒップホップ、ハワイアンとすべて見たが、どれもハイレベルで、初心者の自分などにはとてもできそうもないと思え、諦めようとした。ところが、ある一室をガラス越しに覗いたとき、ひとりの女性が踊っている動きにUさんは釘付けになった。

ドアが閉まっているため音楽が鳴っているのかはわからないが、とてもゆったりとした動きである。それだけでも今まで見てきたダンスとは一線を画していた。

抜き足差し足といった感じに移動したかと思うと、突然その場で高く跳躍する。着地すると、躯(からだ)の柔らかさを誇示するかのように、腕や足の関節をありえないほどにねじ曲げ、一種奇妙なシナを作る。と、今度は突然細かいステップを踏んだかと思うと、全身で笑うように大きく部屋のなかをバレエさながらに飛び回る。

これほど自由なダンスは見たことがなかった。他のダンスと同様に難しそうではあるが、自分も是非やってみたいと感じた。

しかし、なんというダンスかわからない。レッスン中に声を掛けるのも悪いので、事務局へ行って訊いてみることにした。

すると、Uさんのいう教室ではこの時間にレッスンはしていないという。

「生徒さんが自主練でもしているんですかね」

Uさんがそう尋ねると、

「レッスンのとき以外は鍵を掛けますから、誰かが勝手に入ることはできないんです」

と女性の事務員は答えた。ふたりで教室に行ってみたが、なかに入るまでもなく部屋には誰もいない。ドアにもちゃんと鍵が掛かっている。

どんなダンスでしたか、と事務員に問われ、口で説明したがうまく伝えられない。先ほど踊っていたひとの動きを思い出しながら少し真似してみると、事務員はひどく愕いた表情をし、なにか言い澱んでいるようだった。

どうされたんですか、と尋ねると、

「……それはコンテンポラリー・ダンスですね。でも、今はやってないんです」

事務員の話によると、二年ほど前まではそのレッスンもあったが、担当の女性講師が病気で退職し、それ以降は生徒の募集はしていない、とのことだった。

「元々、生徒さんも少なかったですし、この地域では教えられる人材がその方以外いなかったものですから――」

それでも学んでみたいと思ったUさんは、その講師の方は今どうされているんですか、と尋ねてみると、

「亡くなったんです。半年ほど前に」

入院先の病院で息を引き取ったとのことだった。独身で三十六歳だったという。

その講師の容姿を訊いたところ、背丈や体型、面立ちなど、Uさんが見たのと同一人物としか思えなかったそうである。

二十八　再会

現在三十代のF美さんは、行く先々で偶然よく会う男性がいた。

最初にその男性と出会ったのは、彼女が短大生のときである。

有名私大生との合コンというので、楽しみにして行ったところ、皆イマイチな感じで好みのタイプはいなかった。男性はそのなかのメンバーだったという。

痩せぎすで眼鏡を掛けているが、大学デビューなのか髪の毛だけ変に明るい色にしているのが不自然に映った。そのうえ食べながらしゃべるのが、とにかく苦手だった。

二次会も行かず帰宅したそうである。

その後はしばらく忘れていたが、友人が運転免許を取ったのでレンタカーを借りて箱根に行ったところ、見たことのあるひとがいるなと思ったら、合コンで会ったあの男性だった。

どうやら家族で来ているらしく、両親と妹らしきひとと一緒で、温泉街を散策していた。

自分のことは忘れているだろうと思っていたら、男性が走りながらF美さんのところに来て、

「たしかG短大のコだよね？　ほら、ちょっと前の合コンで――」

そういうので返答に困ったが、

「ええ、こんなところで会うなんて奇遇ですね」

と、かろうじてそれだけいって、別れたという。

するとその半年後、御徒町の居酒屋で女友達だけで呑んでいると、少し離れた座敷が騒がしい。うるさいな、と思っていたら、襖から顔を出したのが例の男性だったので、さすがにF美さんは吃驚してしまった。

向こうもすぐに気づいたようで、愕いた様子でやってきて、

「こんなところで。しかし、よく会うよね」

そういわれ、うんそうだね、としか答えられなかったが、男性が去った後、友人たちから揶揄されたのが不快だった。

短大を卒業し、F美さんは冠婚葬祭業を営む大手企業に就職した。

そこで知り合った同僚とグアムに旅行したとき、ひとりでタモンビーチを歩いていると、後ろから肩を叩く者がいる。友人かと思って振り向いたらアロハシャツを着たあの男性だった。

「うわっ、やっぱり君か。それにしてもこんな場所で。しかし、本当によく会うよねえ」

F美さんはあまりのことに言葉が出ず、ただ、こくりと一度頷いただけだったという。

その後は長く会うことはなかった。

仕事も順調でブライダルをいくつも任された頃、上司に呼ばれ、葬祭のほうもやってみないかと打診された。正直なところ、ブライダルに関してはやりつくした想いがあったので、引き受けることにした。

正反対のような仕事にはなるが、人間の大事な節目のセレモニーという点では同じだろうとF美さんは考えていた。新たに覚えることばかりだったが、充実した毎日だった。

葬祭のほうにも慣れてきた頃のこと。

F美さんはまたあの男性に会った。——が、生きているのではない。故人になった男性と対面したのである。

大学卒業後、男性は銀行に勤めていたそうだが、病気を患い、長く入院していたという。しかし体調が戻ることはなく、二十七歳の若さで亡くなったというのだった。

あの頃は出先で会う度に少し厭な気持ちになったのだが、こうなってみると、なんだか申し訳ない気持ちでいっぱいになった。もっと一緒にお話しするべきだったかもしれない、とF美さんは後悔した。

棺のなかの故人に手を合わせながら——もうこれで本当に会えなくなるのか——そう思うと、知らず涙が溢れていた。

またどこかで会えるような、そんな気もしたという。

二十九　父親の靴

三十代の主婦Hさんの話である。

二年前にHさんの父親は心筋梗塞で亡くなったという。

いたって健康な父親だったため、家族は皆愕き、悲しむ余裕もなかったそうだ。

ただ母はかなり落ち込んでいるようで、家のなかにある夫のものを眼にするのもつらい様子だった。

そんなある日、母は家族に黙って父親が遺していったものを片っぱしから処分してしまった。そのことを知ったHさんたちは怒ったが、一番悲しい想いをしているのはお母さんだろうと、それ以上あまりいわないようにした。

葬儀から二週間も経つと、仏壇の遺影以外、父親がこの家で暮らしていた痕跡はなにも残っていなかった。寂しいことではあったが、それで母の気持ちが少しでも楽になるのなら、とHさんたち残された家族はそう考えていた。

ところが——。

父親の靴がつい今しがた脱いだばかりのように玄関の三和土（たたき）に置いてあった。

シューズボックスに仕舞い込んでいた靴を母が処分し忘れていたのかもしれないとHさ

んは思った。

しかし、誰がこの靴を出したのだろう。

母なのだろうか。もしそうならば、きっと捨ててしまうつもりかもしれない。

気づくと、Hさんはその靴を自分の部屋へ持っていき、袋に入れて隠していた。

なにか母にいわれるだろうと思っていたが、不思議なことになにもいってはこなかった。

すると、その数日後。

隠したはずの靴が再び三和土に置いてある。

すぐに自分の部屋へ行き、靴を隠した場所を探してみたらやはりどこにも見当たらない。

慌てて玄関に戻って靴を持つと、今度は違う場所に隠した。

すると、それから何日かした頃、また靴が玄関に置いてある。

そんなことを七、八回は繰り返したという。

しかし、父親の四十九日の法要を終えると、ぴたりとその現象はなくなった。

唯一の形見である父親の靴は、Hさんがまだ持ち続けているそうである。

三十　サル山

Bさんの恋人は甲信越地方の動物園で働いているそうだが、ある日、彼女の職場をひとりで訪れてみたという。

するとと、彼女はサル山の前に立って、なかの様子を観察しているようだった。

「あっ、来てくれたんだ」

Bさんを見て彼女は喜んだが、どこか浮かない顔をしている。どうしたの、と尋ねてみると、

「うん、最近このサル山が荒れてるの。少し前に新しいボス猿に変わったんだけど、なんていうか器（うつわ）じゃないのかな」

彼女の話によると、群れから離れた発情期のオス猿がやってきて、メスにちょっかいを出すのだという。普通であればボス猿が威嚇して追い払うのだが、新しいボスはそんなこともしない。餌を取られてしまうことも多々あるというのだった。

と、そのとき、一匹の猿が軽快なフットワークでやってきて、近くにいた猿の後を追いかけ始めた。

「あれが問題のオス猿。まったくボスったら、なにやってるのよ」

そういった瞬間、ひと際大きな猿が山の背後から顔を出した。すると、凄まじい俊敏さでオス猿に襲いかかる。牙をむき出したその顔は、Bさんが見ても鳥肌が立つほどの恐ろしさだった。襲われた猿は尻尾を巻いて逃げだしていった。

「あれがボス猿でしょ？　すごいよ、ちゃんと追い払ったじゃないか」

そういうと、彼女はボス猿を凝視して押し黙っている。いったいどうしたのかと思ったら、

「違うの、あれは今のボスじゃない。ギンジロウっていう二代前のボス猿よ。左瞼（まぶた）に大きな怪我をしていたの。でも——」

もう何年も前に亡くなったのよ。

そう彼女はいったという。

三十一　獄門

飲食店を経営するEさんの話である。

今から八年前のことだという。

当時、大学生でひとり暮らしをしていたEさんは、進級で校舎が変わるため引っ越すことになった。とはいえ、費用に余裕がないので、できるだけ安い物件はありませんか、と引っ越し予定地の不動産屋に掛け合った。

すると、担当者の若い男性は首を傾げながら少し考えているようだったが、奥に引っ込むと一枚の紙を持ってきた。

「今あるのはこれだけですね。やはり安い物件はすぐに決まっちゃいますから」

チラシに眼を落とすと、賃料は四万三千円で敷金や礼金もないという。

二階建ての一階で、間取りの感じも悪くなかった。今の部屋よりも格段に広い。

しかし、安いのにはなにかしらの理由があるはずだ。

直裁にその訳を尋ねてみると、

「後から聞いてなかったとなると問題ですから、先にお伝えしますが、事故物件などではありません。ただ、このアパートの一帯が江戸時代の頃、罪人の処刑場だったらしいんですよ」

もっともそれを示す石碑などがないので、具体的にどの場所だったかというのはわからないという。以前は一般的な相場の家賃だったが、住み始めてから処刑場だったことを知って出ていく者、大家に家賃を下げるように交渉してくる者もいた。そうしたこともあって今の家賃に落ち着いたというのだった。

「気にしなければ、とてもコスパのいい物件だと思いますよ。現にこの部屋以外、全部埋まっていますし、幽霊が出たという話も聞きませんから」

笑いながら担当者はいった。Ｅさんも、悪くないかもな、と感じた。

「正直、事故物件でもいいぐらいに思ってましたから。僕は幽霊とかまったく信じてなかったんで——」

その後も不動産屋を梯子したが、これといった物件は見つからなかった。なかでは、やはり元処刑場のアパートが一番よさそうに思える。新年度まであまり日もないので、最初の不動産屋に戻り、手付けを打ってアパートの契約を交わした。

無事に引っ越しを終え、住んでみると快適な部屋だった。

不動産屋で得た情報では築二十年ということだったが、それほど経っているようには見えない。ひとがあまり住み着かなかったせいかと思ったが、リフォームをしているのかもしれなかった。

外に出て遠巻きにアパートを見るかぎり、ここがかつて処刑場だったとはとても思えない。強いていえば、隣家の畑の一隅が鬱蒼（うっそう）としているので、そこがそんなふうに見えなくもなかった。担当者は建物の一帯が処刑場だといっていたから、アパートはその敷地内だったとしても、おそらく外れのほうだったのではないか、と考えた。

そんなある日のこと。

Eさんは合コンに行き、ひとりの女性と意気投合した。その後、酔いもまわってEさんの家に来ることになった。

アパートが近づいてくると女性は急にそわそわし始めて、

「えっ、まさかこの辺じゃないよね？」

そんなふうに訊いてくる。いやすぐ近くだよ、と答えると眉根を寄せて、

「あたしさ、用事を思い出したから帰るね」

そういうと、踵（きびす）を返して帰ってしまった。

また別の日には、同じように合コンで知り合った女性を部屋まで連れてきて、先にEさんがシャワーを浴びていた。

　すると、ユニットバスの扉がノックされ、

「冷蔵庫のお茶もらっていい？」

　そう訊かれ、いいよ、と答えると、その数秒後、短い叫び声のようなものが聞こえた。

　なにごとかとユニットバスから出ると、女性の姿がない。玄関にも靴がないので、どうやら帰ってしまったようだった。あんなふうに尋ねてきたのに、お茶を出して飲んだ形跡がないのも不思議でならなかった。

　翌日、合コンの幹事役の友人に昨晩のことを伝え、どうして帰ったのか女のコに訊いてくれないか、と頼んでみた。妙な叫び声をあげていたこともあり、心配でもあった。友人は面倒くさがったが、しょうがねえな、といって引き受けてくれた。

　すると、その夜、友人から電話があり、

「あのコな、お前んちの冷蔵庫を開けたら、とんでもないものを見ちまったっていうんだ。たぶんスイカかなにかの見間違いだと思うんだけどさ」

　――生首が入っていたっていうんだよ。お前、まさかシリアルキラーじゃねえよな？

　そういって友人が笑う。

　もちろんスイカなど入れていない。単身用の小さい冷蔵庫なのだ。

　その後、友人に頼み込んで、もう一度女性に連絡をとってもらったところ、生首は頭の中央部分に髪がなく、両眼は閉じていたが、唇の両端からどす黒い血が流れていた、というのだった。

二度とあのアパートには行きたくないし、Eさんにも会いたくないといわれたという。

「それを聞いて思ったんです。やはりあのアパートは処刑場――獄門だったのだ、と。それも僕の部屋の冷蔵庫のある場所、そこがまさに晒し首が置かれた場所だった気がするんです」

なにせ、地面からの高さがまさにそれくらいでしたから――。

そうEさんは語る。

三十二　稀覯本

イギリス人男性グレッグさんの話である。

以前、グレッグさんはある稀覯本を探してロンドンの古書店街であるチャリング・クロス・ストリートの書店を一軒一軒しらみつぶしに立ち寄ったが、まったく見つけることができなかった。

諦めて帰ろうとしたところ、まだ見ていない店があったので、これが最後と入ってみた。

やはり他の店と同じように見当たらなかったが、五分ほど経った頃、シルクハットを被った背の高い紳士が、かつんかつん、とステッキを突きながらこちらのほうに近づいてくる。

時代がかった衣装だが、時折こういう人物はいるので極力気にしないようにしていると、グレッグさんの眼の前に立ち、厳めしい顔付きで一冊の本を差し出してくる。見ると、それは探していた本だったので、彼は吃驚してしまった。

店員なのか。

しかし、話し掛けてはいないし、本のタイトルを告げてもいない。

すると、紳士は無言で本を手渡した後、再びステッキを突きながら棚のところを曲がった——と、そう思ったら、刹那、その姿がかき消えてしまった。

「……エクスキューズ、ミー！」

叫ぶようにグレッグさんが大きな声でいうと、慌てながら店員がやって来たが、先ほどの紳士とはまったくの別人だった。

店員に事情を話したところ、しばらく考え込んでいる様子だった。が、なにかを思い出したように、

「そういえば、うちの親父の代にも同じようなことがあったと聞いたことがあります。お客さんが探していた本を突然現れた男が手渡したんだそうです。それは大変に珍しい本だったのですが、どうやらうちの蔵書ではなかったらしいんですよ」

そういってグレッグさんが手にしている本を店員は見た。

ちょっと失礼、といい、奥に引っ込んで目録を調べているようだったが、やはりその本も店の在庫ではないというのだった。

無料で貰い受けたそうである。

三十三　穴

カメラマンのUさんの話である。

五年ほど前のある日、いつものスーパーマーケットで切らしていたインスタントコーヒーを買って帰った。

夕飯の後、一服しようとコーヒーのキャップをまわすと、内ブタの紙に穴が開いている。

帰宅してからまだ開封していないのだから、店で陳列されているときに何者かによって開けられてしまったのだろうと思った。

一瞬、どうしようか悩んだが、とても飲む気にはなれないので、翌日再び店に行き、事情を話して新しいものに交換してもらった。

帰宅後、コーヒーを淹れようとキャップをまわすと、また紙に穴が開いている。

――ったく、なんだよこれ……。

業を煮やしたUさんは、店のレシートを探し、すぐに電話を掛けた。

クレームとあって、店長を名乗る男性が電話口に代わった。

二回連続でインスタントコーヒーの内ブタに穴が開いていたことを告げると、店長は平身低頭といった感じで謝罪の言葉を述べた。

商品はすぐに新しいものに交換するとのことなので、翌日持っていくと、店長が奥から出てきて、再び詫びの言葉を繰り返した。

「ええ、もういいですから、とにかくちゃんとしたものに交換してください」

そういうと、店長はバックヤードから新しい商品を持ってきて、眼の前でキャップを開けて、

「この通り、こちらは開いておりませんので、お客様のほうでも是非ともご確認ください」

たしかに開いていないのを確認して、家に帰ったという。

ようやく飲めるのかとお湯を沸かし、キャップをまわしてみる。

確認しただけあって今回は開いていない。ほっとしながら紙を剥がそうとした、そのとき。

上から指で押すように紙に穴が開いた。自分の見ている眼の前で、である。

あまりのことに言葉を失っていると、ずぼっ、ずぼっ、ずぼっ、と時計回りに合計四か所も穴が開いたので、もうそのコーヒーも飲む気をなくしてしまった。

そのまま友人にただであげてしまったという。

三十四　鏡

主婦のD子さんが独身の頃のことだという。

当時、都内のマンションに住んでいたD子さんは、会社の飲み会から帰宅すると、すぐにシャワーを浴びた。浴室から出るとローテーブルのうえに鏡を立てて、顔の手入れをしていた。

するとそのとき、鏡面のうえのほうから、まるでスクリーンが下りるように赤く染まっていく。――が、D子さんの像そのものは見えていた。

えっなにこれ、と思っていると、そこに映っているのはなぜか自分の後ろ姿だった。鏡に向いているのだから、当然、顔が映らなければおかしいはずである。

あまりのことに家庭用洗剤を持ってきて拭いてみたが、鏡面は赤くなったままで、やはり後頭部が映り込んでいた。

結局、その現象は二十分ほども続いたそうだ。

それから数日経った頃、ニュース番組を観ていたD子さんはテレビ画面に釘付けになった。自分のマンションが映っていたからである。

アナウンサーによると、三日前の夜に日本人の男が外国人女性を部屋のなかで無惨な方法で殺害したというのだった。

三日前といえば飲み会のあった日である。

おそらく自分が帰宅する前にそんなことがあったのかと考えたが、決して大きくはないこのマンションのなかで、そのような事件が起きたことが恐ろしく、なかなか眠りに就くことができなかった。

その翌日、外出するときに隣室の中年女性に会ったので、自然と昨晩の報道の話になった。すると、事件が起きたのはD子さんの部屋のちょうど真下のワンルームであることがわかった。

「女のひとが殺されたのは、私が帰宅してシャワーを浴びているくらいの時刻だったようです。それであの鏡のことを思い出したんですが――」

鏡面が赤く染まったことは、事件となにか関係があるのではないか。それにあの後頭部はいったいなんだったのだろう。

どう考えても、普通あんなことは起こりえないはずだ。

「被害者は外国人女性ということでしたが、一度もマンションのなかで見かけたことはありませんでした。そんなひといたんだねぇ、って隣の部屋の女性も愕いていて。あのとき鏡に映った後ろ姿は、私ではなくて、殺された女のひとだったんじゃないかなって、ふと思ったんです」

そうD子さんは語った。

三十五　死に方

美容室を経営するCさんは客の髪を切っているとき、そのひとがどういう死に方をするのかわかってしまうという。

客の多くは若いひとだが、年嵩（としかさ）を増すほど鮮やかに脳裏に浮かぶそうだ。

ある高齢の女性客を施術したときは、救急車に乗っているような場面が頭をよぎった。三ヶ月後、その女性は出先で倒れて救急搬送されたが、結局亡くなってしまったという。心筋梗塞だった。

また五十代の男性客の髪をカットしたときは、血まみれで道路に倒れている映像が頭に浮かんだ。二ヶ月後、男性は泥酔していたところをひき逃げされたが、朝まで発見されず、見つかったときには息はなかったそうだ。

そんなCさんにとって、一番こころに残っているのは、ある若い女性客だという。

久しぶりに来店した女性の髪をカットしているときだった。

なにか細かい泡や水しぶきのような映像が頭をよぎった。一瞬愕いたが、これこれこういう理由であなたは死ぬかもしれません、とはいえたものではない。

「今年の夏は海とか行きます？」

さりげなくそう尋ねてみると、

「いえ、そんな予定はないですけど、湘南の海とかいいですよね。でも、今は彼氏もいませんから」

そういって笑った。

しかし、その半月後、女性は近くの河川で死体となって発見された。

水の勢いのせいか殆ど裸の状態で、マネキン人形のように浮いたり沈んだりしていたそうだ。ほどなく犯人は捕まったが、ストーカーと化した昔の恋人だったという。

三十六　空襲

五十代のTさんという男性の話である。

Tさんの実家は、中部地方のある商店街で金物屋を営んでいたそうだが、客も少なく、店をきりもりしていた母親も高齢になったので、数年前に店は閉めてしまったという。

一階が店舗で二階が住まいになっていたため、子どもの頃は母親に用事ができると、よく手伝いで店番をやらされたとのこと。

そんなある夏の日の夕方、空が怖いくらいの茜（あかね）色に色づき、思わず店の外に出て見惚れていると、粗末な服を着た老婆がおかっぱ頭の小さな女の子の手を繋ぎながらやってきて、

「空襲じゃいうとるもんでね」

そういいながらTさんに会釈をし、通りの向こうのほうに急ぎ足で歩いていった。

――空襲って。

戦後何十年も経っているというのに、空襲とはいったいなにごとだろう。

少し変わったひとに違いないと、再び店のなかに戻って、読みかけのマンガの本を開いた。

するとそれから二十分ほど経った頃、

「空襲じゃいうとるもんでね」

再び先ほどの老婆が女の子と一緒に立っている。返す言葉に困っていると、頭を下げて先ほどと同じ方向に歩いていく。と、思ったら、一瞬眼を離したすきにふたりとも姿が消えてしまった。

それから一時間ほどして母親が帰ってきたので、

「変なお婆さんが子どもと一緒に来てさ。空襲とかっていってたんだけど、近所にあんなひといたっけ？」

そう尋ねると、母親はまったく愕く様子もなく、

「ああ、あのひとが現れる時期やなあ。この三十年ずうっとよ」

壁のカレンダーを見ながら、ぼそりと、そういったそうである。

三十七　地下室

少し似た話を聞いたので、ご紹介したい。

Jさんの実家は江戸時代から続く造り酒屋だったが、地下に倉庫があり、そこに物を取りに行かせられるのが、子どもの頃から厭だったという。

電気を点けてしまえばなんということはないのだが、それでも地下特有の饐えたようなにおいが苦手だった。壁はむき出しになった石積みで、常に濡れたように黒光りしていて、なんとなく不気味に感じたそうである。

そんなある日、小学校から帰宅すると、酒蔵の脇の地下室の入口から何者かがおりていくのが見えた。それもひとりではなくふたりである。

一瞬、家族か従業員の誰かかと思ったが、その考えは頭のなかですぐに打ち消していた。若い女性と小さな男の子だったからである。

そのような者は家族にも従業員にもいない。

ただいま、とランドセルを置き、家のなかに誰かいないか声を掛けた。が、返事がないので、酒蔵のほうに行ってみると、働き始めてまもない若い男性従業員がいた。

「今、地下へ誰かおりていったみたいだけど。なんか知らないひとだったよ」

そう告げると、男性は眉根を寄せて、誰やろね、といい、地下へ見にいってくれたようだった。すると、しばらくして戻ってきて、

「誰もおらんかったよ。隅から隅まで見たけど、鼠一匹おらんかった」

笑いながらそういった。

眼の錯覚だったのだろうか。それにしてはあまりにも現実的だったので、まるで狐につままれたような思いだった。

その数日後。

学校から帰宅して、友達の家へ行くために自転車に乗ろうとしたときだった。

地下の入口からまたひとが入っていくのが見えた。

それも今度は腰の曲がった年老いた女性である。祖母はとっくに亡くなっているので、誰なのだろうと思った。たったいま、この眼ではっきりと見たのだから、断じて錯覚ではない。

今度は自分でたしかめてみようと、Jさんは地下室のドアを開けて、なかに入ってみた。

誰かいるのなら電気が点いているはずだが、なぜか真っ暗である。

すぐに壁のスイッチを押すと、点滅しながら電灯が点いた。

「誰かいますかッ」

そう問いかけてみるが、返答がない。

二度三度繰り返してみたが同じだった。物陰のほうも隈なく見てみたが、誰もいないようだった。

この数日で二度も同じ体験をしたので、さすがに気味悪く感じ、その日の夜、Ｊさんは父親にそのことを話してみた。

すると――。

「お前も見たのか。俺も子どもの頃に何度か経験がある。不思議に思って訊いてみたら、あの頑固一徹だった親父が、ぽろぽろと泣いてね。戦時中、あそこの地下は防空壕だったんだ。親父が知り合いの石材業者のひとと、ふたりだけで作ったそうだよ」

Ｊさんの祖父は地域の役員を長年務めるなど、周囲のひとたちのことを常に考えていたという。素封家だった祖父は私財を投じて、たくさんのひとが入れるように個人のものとしては立派すぎるほどの防空壕を作ったというのだった。

「それじゃあ、僕が見たのは――」

そういうと、父親は深く頷き、

「この世のもんじゃねえさ。でもな、騒がず愕かずだ」

呟くようにそういった。

しかし不思議なのは、戦時中その界隈は一度も空襲などなく、防空壕として使われることは最後までなかったのだという。

三十八　隣の男

インド人男性のアヤンさんは、二十年ほど前のある日、オートバイで転倒して大腿骨を骨折し、ニューデリー市内の病院に入院したという。個室だと費用が高いため、仕方なくふたり部屋を選んだそうだ。

入院初日に部屋へ入って着替えをしていると、隣のベッドの男が早々に声を掛けてくる。ふたつのベッドの間にはパーテーションがあるので、どんな人物なのかはわからないが、家族の話、昔の恋人の話や仕事のこと、病院の愚痴など、訊かれてもいないのに間断なくしゃべり続ける。

「電車に轢かれちゃってね。まあ死のうと思っていたんだけど」

それで両足を失ったというのだった。

そのような重傷患者と同室であることにアヤンさんは愕いたが、検査疲れで休みたかったこともあり、

「少し眠りたいんですが」

そういうとしばらくは静かにするが、すぐにまた話し出す。

――弱ったな、やはり個室にするべきだったか。

そう後悔したが、さすがにしゃべり疲れたのか、五分ほど静かになった瞬間があった。

そのとき、折よく部屋に女性の看護師がやってきたので、アヤンさんは手招きをして、隣がうるさいから部屋を変えてくれ、と筆談で伝えた。もし聞こえてしまったら気を悪くするだろうと思ったからである。

するとと看護師は、パーテーションの脇から隣のベッドを覗き見た。するとそのとたん、なにもいわず慌てたように部屋を飛び出していった。

いったいどうしたのかと思ったら、すぐに医師がやってきて、隣人のことを色々調べ始めたようだった。

その間も男はなにもしゃべらない。ただ医師の、うーん、という唸り声だけがパーテーション越しに聞こえてきた。

「死亡確認しました」

突然、医師がそう告げたので、アヤンさんは吃驚して、

「えッ、そんなはずはありませんよ。つい先ほどまで、このひとはしゃべっていたんです。本当に五分、十分前まで。正直、うるさいなって迷惑に思っていたほどですから――」

すると、医師はアヤンさんのベッドのほうまで来て、大きくかぶりを振った。

「いいえ、死後硬直が首まできていますから、亡くなって三時間は経っています」

そう断言したという。

三十九　ララ

Yさんは小さい頃――幼稚園生から小学校低学年の間に掛けて犬を飼っていた記憶があった。しかし、いつ飼い始めて、いついなくなったということを覚えていない。それである日、あの犬はいつ死んだのかと母親に訊いてみたが、そんなものは飼っていないという。

「あの頃はペット不可のマンションだったし、犬なんて無理に決まっているでしょう」

と、そういうのである。

「なにいってんだよ、なんで覚えてないかなあ。俺はめちゃくちゃ一緒に遊んだ記憶があるんだけど。ほら、柴犬のララだよ」

そういうと、母親は眼をまるくして愕いている。

それは母親が小学生の頃に飼っていた犬の名前で、国道で車に轢かれて死んだというのだった。

四十　エレベーターで会った女

主婦のD子さんが独身の頃、ひとり暮らしをしていたマンションに帰宅し、エレベーターに乗った。

自分の住む五階を押すと、ドアが閉まり、D子さんを乗せたカゴは上昇していく。

目的階に着き、ドアが開いた瞬間、D子さんが降りるのを待たずにひとりの女が乗ってきた。

軽く会釈をしてエレベーターから降りようとしたとき、女の姿をちらりと見た刹那、D子さんは愕きのあまり、すぐに振り返った。どこかで見覚えのある顔だったからである。

それればかりではない。

女の身に着けているワンピースや帽子、アクセサリーやバッグ、靴に至るまで、すべてD子さんの持っているものと同じだった。

しかし、エレベーターはすでに階下に降りていってしまっている。

あれはいったい誰だったのか。が、思い出すことができない。

それにしても、自分が所有している同じものを身に着けていたのは、単なる偶然なのだろうか。いや、そんなはずはないだろう。

となると、もしかしたら――。

女は空き巣かなにかで、盗んでそのまま着ていったのではないかと、すぐに自分の部屋のドアノブをまわしてみるが、鍵はしっかりと掛かっている。

バッグからキーを取り出して解錠してみたが、なかは荒らされた形跡はない。

部屋に入ると、クローゼットを開けて、先ほど女が着ていたのと同じワンピースを探してみたところ、パイプハンガーの端にクリーニング店の袋に入ったままの状態で吊るしてあった。帽子やアクセサリーなども盗まれてはいない。

やはり気のせいだったか、と胸をなでおろしたそのとき、あの女が誰だったかを思い出し、D子さんは俄かに慄然とした。

それは一時期、婚活パーティーでよく顔を合わせた女性だった。

あるときから急に見かけなくなったので、いい相手を見つけたのかと共通の知人に尋ねてみたところ、交通事故で亡くなったことを知ったのである。

あれがこの世の者ではないとして――なぜマンションまで来て、自分の前に姿を現したのか。どうしてD子さんが持つ同じ洋服を着ていたのか。

それらの理由がまったくわからないという。

四十一　見知らぬ男児

Rさんは若い頃、狭いアパートに家族と住んでいたそうだが、一度こんなことがあったという。

深夜、家に持ち帰ってきた仕事をしていると、すぐそばの布団に寝ている妻とわが子が視界に入った。ふたりともすやすやと寝息を立てながら眠っている。もう五歳とあってそんな年齢ではないが、まるで添い乳するように息子は母親にくっついていた。

ところが。

少し離れたところに男児がもうひとり寝ている。Rさんには子どもはひとりしかいない。

――あれは誰だ?

躯付きは息子と同じほどだが、壁のほうを向いているので顔は見えない。

友達でも泊めたのだろうか。しかし、帰宅してから夕飯を食べたり風呂に入ったりしたが、そんな子どもの姿は見ていないし、そういった話も聞いていない。

つと立ちあがり、壁のところまで行く。子どもの顔を正面から見ようとしたそのとき、愕きのあまり押し入れに激しくぶつかり、襖が両方とも外れてしまった。

「うるさいわね。この子起きちゃうじゃない」

不機嫌そうに妻が起き上がる。

「いや、だって知らない子どもが……」

そういいながら指を差したところに先ほどまでいた子どもがいない。

「知らない子どもってどういうことよ」

わが子の頭を撫でながら、妻がなじるようにいった。

もうひとり男の子が寝ていたんだ、と告げると、ばかじゃないの、と妻はいい、再び眠ってしまった。

「見知らぬ男の子の顔を見たとき、どうしてそれほど愕いたんですか?」

そう私が尋ねると、

「眠っていると思ったんですが、そうじゃなかったんですよ。瞼をぱっちり開けて起きていたんです。それもね、猫の瞳みたいにきらりと光ったんですよ」

その後ほどなくして二人目の子どもを授かったそうだが、あの日見たものは、なにか予兆のようなものではないかとRさんは考えているという。

四十二　橋の下

Oさんは高校生の頃、学校近くの一級河川に架かる大きな橋の下で、よく授業をサボっていたという。

いつも決まった消波ブロックの、少し平らになったところに寝そべりながら川の流れを見つめていると、どこからともなく焦げくさいようなにおいがしてくる。

どこかでバーベキューでもしているのかと思ったが、付近にそんな団体はいないし、第一、食べ物を焼くような芳しいにおいではない。一度や二度ならともかく、かなりの頻度でしてくるので不思議でならなかった。

そんなある日、いつものように消波ブロックのうえで寝そべっていると、またあの焦げくさいにおいがしてくる。またかよ、となにげなく背後を振り返った瞬間、冷水を浴びせられたようになった。

火だるまの人間がのたうちまわっていたからである。

全身が焼けただれ、とても正視に耐えない。今すぐに消火しないといけないが、どのみちもう助かりそうには思えなかった。

どうしたらいいのかわからない。眼の前でひとが焼け死んでいくのを、Oさんはただ見守ることしかできなかった。

——と、ふとそこで眼が覚めた。

「……なんだ、眠っちまったのか」

どうやら夢を見ていたようだった。しかし、周囲にはまだあのにおいが漂っている。おそらくにおいのせいで、あんな夢を見たのだろう。振り返ってみたが、もちろんひとが焼け死んでいるということはなかった。

そのことを学校に行って友人に話してみると、

「昔、親父から聞いたんだけどさ、今からもう何十年も前のことらしいけど、あの橋の下で焼身自殺したひとがいたらしいよ。それもひとりじゃなくて何人かいたって——」

それを聞いてから、二度と橋の下には行かなかったそうである。

四十三　体温計

北関東のある内科医院に看護師として勤めるT子さんの話である。

彼女の働く医院では診察前にすべての患者に体温計を渡して計ってもらうそうである。

ある日、T子さんが受付に座っていると、歳老いたひとりの女性が立っていて体温計を片手に、

「何回計っても三十一度やわ」

そういうので、この患者さんはどなただったろうとカルテを探すが見当たらない。考えてみたら、このひとに体温計を渡しただろうかと思い、前を向くといなくなっている。

そんなことがあったので、昼休みにその出来事を先輩の看護師にいうと、

「五年くらい前だけど、わたしも同じことがあったわ。他にも見ているひとはいるみたいね。あのお婆さん、幽霊なのよ」

思わぬ言葉にT子さんが吃驚していると、

「それがね、何十年も前から、やっぱり体温計を持って出るみたいなんだけど、うちの患者さんでもなんでもなかったみたいなの」

そう先輩はいったという。

四十四　訃報欄

会社員のNさんが地元の新聞を読んでいると、ふと訃報欄に眼がいった。

端から見ていくと、殆どのひとが九十代で亡くなっている。死因は老衰とある。

――天寿をまっとうしたんだな。

そんなふうに考えていると、そのなかに三十二歳という文字が見え、「病気療養中のところ死去」とあった。するとそのとき、ひと文字ひと文字がざわざわとし始め、てんとう虫のように動き始めた。回転する文字もある。すべてではなく、その人物のところだけだった。瞼をこすっても一向に収まらない。瞬間、ディスレクシア（視覚障害の一種）かと思ったが、今までこんなふうになったことはない。文字は動くだけでなく、大きくなったり小さくなったりしている。

それは三分ほど続いたそうだが、最近は訃報欄を見ないせいか、その現象に遭うことはないそうである。

四十五　御神木

造園業を営むEさんの話である。

Eさんの会社では個人宅の樹木の剪定や新築家屋の造園などを手掛けているそうだが、時折、自治体などから街路樹の剪定や立ち枯れしてしまった御神木の伐採を依頼されることもあるという。

樹齢数百年の、それまで地域で祀られてきた大木を切る場合、やはり緊張するそうである。しかし、そのままにしておくと台風などで倒木の危険がある。これも造園業の貴い仕事のひとつなのだとEさんは引き受けるのだが、そのせいで人手不足に陥ってしまっているとのこと。

御神木を伐採する際にはお祓いをするのが通例で、Eさんの会社も全員参加するそうだが、伐採後の二週間ほどのうちに必ず誰かが大けがをする。ある従業員は仕事帰りに呑みに行ったが、喧嘩に巻き込まれて刺されてしまった。その場所が悪く、結局亡くなってしまったという。

それ以外にも車で事故を起こし重傷を負う者、急な病気で長期入院する者など、この十年ほどのうちで二十人はなにかしらの災難に見舞われたそうだ。

が、不思議なことに経営者であるEさんだけは平穏無事なのだという。

一それはたぶん、普段から気をつけているからですかね。特に御神木を伐採した後は人一倍気を引き締めて生活しますから。友人に呼ばれても呑みにも行きません。人間ドッグはまめに行きますし、仕事以外は車も乗らないようにしていますよ」

お祓いしているとはいえ、一応気をつけるようにと従業員には伝えているそうだが、若い者も多く、なかなかそういうわけにはいかないとEさんは嘆く。

そうしたこともあり、これまで辞めていった者は数え切れないという。

「こちらとしては住民の安全を祈って伐採しているわけで、崇高な仕事をしているという自負があるんですけどね。これって理不尽だと思いませんか？」

そうEさんは語る。

四十六　あるミュージシャン

ロンドンのリッチモンド地区に住む六十代の男性、アダムさんの話である。

数年前の春のこと。

ある日の朝、目覚めとともに世界的に有名なひとりのロック・ミュージシャンのことが突然気になり始めた。

アダムさんは交響楽を聴くのが趣味だったので、これまでロックやその手の音楽に関心をもったことはなかったが、気づくと動画サイトでそのミュージシャンの映像ばかり観ている。どうしてこんなに気になるのか自分でもわからない。聴いていても、いまいち良さが理解できないのだが、なぜか観ることを止められない。

数時間掛けてひと通り視聴したが、それでも飽き足らなく感じ、地下鉄に乗ってミュージック・ショップへ赴き、そのミュージシャンの発売されているCDをすべて買い求めた。

自宅へ帰り、買ってきたCDを聴きながら夜寝るまでの時間を過ごした。

その夜、アダムさんの夢に件のミュージシャンが出てきたが、それはまるで映画かなにかのように日々の暮らしを映したものだった。

けたたましい音楽の鳴る、色とりどりのネオンが光るどこかのいかがわしい場所で、酒を呑んだり踊ったりしていたかと思うと、次の瞬間、喧騒から離れて暗い部屋に入る。

コカインのようなものを鼻から吸引し、ソファに寝そべって眼を閉じる。するとどこからともなく全裸の女が現れて、ひとしきりなにか会話をした後、ふたりはベッドのうえで激しくもつれあう。それが終わり、女が出ていったかと思うと、今度は若い男が入ってくる。男はおもむろにTシャツを脱ぎ、鍛えぬいた躯を見せびらかすようにミュージシャンの元に近づくと、ふたりは抱擁し、接吻を始めるのだった――。

その翌朝。

目覚めると、躯中に厭な汗をかいていた。

なぜあんな夢を見たのか不思議だったが、眠る直前まで買ってきたCDを繰り返し聴いていたからだろうと思った。

ふらふらする頭を押さえながらパソコンを立ち上げ、しばらく経ってから画面を見ると、ネットニュースに夢に出てきたミュージシャンの名前が出ている。

瞼をこすってよく見てみると、あろうことか、そのミュージシャンが死亡したという速報だった。

「さすがに名前だけは知っていましたが、それまで聴いたことは一度もなかったんです。それがこのタイミングで知って聴くようになったというのが、なんとも不思議というか。

亡くなった報道が流れる前日ですから――」

それ以来、好きだった交響楽は殆ど聴かなくなり、そのミュージシャンの音楽ばかり取り憑かれたように聴いているそうだが、いまだにその良さがいまひとつわからない、と笑いながらアダムさんは語る。

四十七　テント

団体職員のRさんから聞いた話である。

Rさんは登山が趣味で、地域の山岳サークルにも所属しているそうだが、以前、そのサークルの先輩のTさんからひと組のテントを譲り受けたという。

新品だとかなり高価なものだったが、すでに使い古しているうえ、新しいものを買ったからというので、ただでくれたのだそうだ。

自宅の庭でテントを組み立ててみると、それほど古びた感じではなかった。今まで自分が使っていたもののほうがよほど薄汚れているので、これはいいものをいただいたなとTさんに感謝した。

そうなると、早速使ってみたくなる。

次の週末、Rさんは近くの山にひとりで登り、適当な場所にテントを張ってみた。

やはり安物とは違い、しっかりとした作りなので、快適に夜を過ごせそうだった。ソーラー充電式のLEDライトを天井に吊り下げると、テントのなかは煌々（こうこう）と明るくなる。

陽も落ちた頃、外で調理を始めて、できあがったものを時間をかけて食べる。その後は自家焙煎のコーヒー。そして読書。

焚き火の前でこうしている時間がたまらなく好きだった。このために登山を続けているといっても過言ではないと、Rさんはしみじみと感じていた。

するとそのとき。

テントのなかで誰かが立ちあがったようなシルエットが浮かび上がった。

——なんだ、あれは……。

影絵となった人物は、テントのなかで右往左往しているようだった。かと思うと、体操のような、踊りのような奇妙な動きをしている。

あまりのことにRさんはしばらく固まっていたが、恐る恐るテントに近づき、なかを覗いてみた。すると、誰もいない。

いったい、どうなっているのか。

再び離れてテントを見てみると、やはり間違いなくひとがたのシルエットが絶えず動いている。気味が悪くなったRさんはテントもそのままに、荷物をまとめて下山することにした。

夜の山は危険ではあるが、過去に何度も登っている低山のため土地勘もあり、なんとか下りることができた。

後日の昼間、テントを回収しにいったそうだが、その足で廃品として片づけてしまったそうだ。

テントをくれたTさんならなにか理由を知っているかもしれないと思い、それとなく尋ねてみたそうだが、あれは俺も貰ったんだよ、といったきりで、あまり多くを語ろうとしなかったという。

四十八　放置された車

三十年ほど前、Yさんの住む街の商業施設の駐車場に五年近く放置された国産のセダン車があったという。

無断駐車であれば、すぐに撤去してしまえばよさそうなものだが、どかそうとする度に商業施設の関係者に次々と悪いことが起きるので、車に触れたものには祟りがあると噂されるようになった。

そんなある日のこと。

車のなかに四人ほどひとが乗っているのが目撃された。

それは家族のように見えたが、皆恐ろしいほど白い顔をして、押し黙ったまま小刻みに揺れているので、それを聞きつけた者たちが集まってきた。

すると多くのひとが見守るなか、突然、車のボンネットから煙が噴き出したかと思ったら、俄かに車内は炎に包まれた。見る間に車は焼け尽してしまったが、焼死体のようなものはなぜかひとつも出てこなかったそうである。

その後、車を撤去することになったが、誰ひとり災難が降りかかることはなかったという。

四十九　素振り

会社員のIさんが住む街に廃業したバッティングセンターがあるという。

深夜、その前を通り掛かると、施設のなかで青白く発光した男がバットのようなものを手にして素振りをしているとのこと。

それが凄まじいスイングスピードで、ぶんぶん、ぶんぶん、と風を切る音が聞こえてくるそうである。

噂によると、二十年ほど前、その街に住む甲子園を目指していた高校球児が、春の選抜に出場が決まったその日、バスに轢かれて亡くなる事故があったとのこと。

そのバッティングセンターに向かう途中だったそうである。

五十　手形

Kさんの実家の天井にはいくつもの手の形の黒い染みがあり、それが幼心にも気味が悪かった。

当時、父親にそのことをいうと、

「お大工さんの手の脂(あぶら)が時間を経て酸化したんだな。直に素手で触るとそうなるんだよ。まあ一生懸命作ってくれたってことさ」

そういって、まったく気にしていないようだった。

が、Kさんはそんな父親の説明では納得することができなかった。なぜなら手形はどう考えても子どものサイズのものもあり、日によって染みの浮き出る場所が異なっていたからである。

五十一　習慣

十年ほど前、Ｙさんが仕事の都合で四国地方のある街に引っ越した頃のこと。

朝、洗面所で歯を磨こうとすると歯ブラシが濡れている。

部屋には自分しか住んでいないので、なぜだろうと不思議に感じた。なにかの理由でひと晩経っても水が切れなかったのかと思ったが、どう考えてもそんなはずはない。

それに歯磨き粉も今まではひと月ほどで終わっていたのが、この部屋に引っ越してからというもの、一週間ほどでなくなるようになっていた。尋常ではないペースである。

それに洗面所の鏡も変に汚れていることが多かった。Ｙさんは几帳面なので使った後は必ず周囲に飛んだ水を拭くようにしていたが、気づくと細かな白い汚れや水滴が鏡に付いている。

誰かがここで歯ブラシを使っているとしか思えない。

そう考えると気持ちが悪くなり、歯ブラシも歯磨き粉も捨ててしまった。早めに家を出て、会社で歯を磨くようにしたという。

東京の本社勤務になっても、その習慣は続いているそうである。

五十二　カップ酒

Hさんが営業先から帰社する途中、会社近くの交差点のガードレールに枯れた花が供えられているのを見た。

事故があったとは知らなかったが、最近誰かが亡くなったのだろう――――と、そう思ったら、いつのまにか作業着姿の六十年配の男が、カップ酒を手に花の前に佇んでいる。

――ここで友人か知人を亡くしたのかな。きっと故人が好きだったものを供えにきたのだろう。

そうHさんは思った。

すると男は、その場でカップ酒の蓋を開けると、ぐびぐびと一気に飲み干していく。まさか自分で呑むとは思わなかったのでHさんは吃驚したが、男が手の甲で口をぬぐったとたん、周囲の風景にとけ込むようにその姿は消えてしまった。

中身が並々と入った未開封のカップ酒が、枯れた花の横に置かれていたが、それはつい先ほどまではなかったはずのものだった。

五十三　化石

Dさんという高齢男性の話である。

一九七〇年代後半にDさんは世界一周旅行に行ったそうだが、辺境のある国で自然史博物館があるのを知り、入ってみたのだという。

博物館とは名ばかりのこぢんまりとした建物だったが、台のうえにメインの展示物らしき巨大な石が載っていた。説明文を読んでみると、ジュラ紀の化石とのことで、アンモナイトがいくつも石のなかに含まれていた。

これはたしかに見事なものだな、と顔を近づけて仔細に見ていると、石のなかに妙なものが入っている。丸っぽいフォルムだが、所々が隆起したような感じで、どう考えても貝の類いではなさそうだった。そこはかとない違和感をおぼえたが、スケジュールが立て込んでいたこともあり、後ろ髪を引かれながらもその場をあとにした。

帰国後はそのことをすっかり忘れていたが、十五年ほど経ったある日、百貨店の時計売り場を歩いていたときだった。

国内のある時計メーカーの新製品が陳列されていたので、なにげなくショーケースを覗いた瞬間、Dさんは心臓を掴まれたようになった。

十五年前、あの化石のなかに入っていた妙なものはコレではないのか。

到底ありえない話だが、そう思えば思うほど、それ以外には考えられなかった。それほどまでに同じ形だったという。

その後、あの自然史博物館はどこの国だったか必死に記憶を遡(さかのぼ)ったが、どうやっても思い出せなかった。またそこで見た化石についても色々当たって調べてみたが、結局わからなかったそうである。

五十四　サバイバルゲーム

七年ほど前、Cさんは初めて行く屋外の専用フィールドでサバイバルゲームに興じていた。

すると、激しい撃ち合いをしているただなかに、白髪の男性がひとり、ゴーグルもつけずにポロシャツとスラックスという格好で茂みのなかに立っている。慌ててCさんは中断を申し入れた。

皆に理由を問われたので、一般のひとがフィールドのなかに入ってしまっている、と告げると、そんな者はいない、と全員が口を揃えていう。

そんなはずはないと今一度確認すると、皆がいうように先ほど男性が立っていた場所には誰ひとりいなかった。しかし、自身の眼ではっきりと見たのだから、とても見間違えとは思えない。

いつまでもCさんが首を傾げていると、メンバーのなかの不動産関連会社に勤める男が、

「うちの会社、以前この辺一帯を管理していたんだけど、ちょうどその茂みの辺りに一軒の荒ら家（あばらや）があったんだよ。解体しようとしたら腐った畳のところから白骨が出てきてさ。だいぶ時間が経っていたみたいだけど、梁のところに紐が残っていたというから自殺だっ

たんだろうなあ」
そういったという。

五十五　バンジージャンプ

公務員のAさんは、十年前に中国のマカオに旅行した際、マカオタワーの名物であるバンジージャンプを飛ぶことになったそうである。

マカオタワーは電波塔として建設されたが、展望台はもちろんのこと、レストランなどの商業施設が入っており、マカオの一大ランドマークとなっている。

六十一階の展望デッキからジャンプをするのだが、その高さは二三三メートルとのことで、世界一という触れ込みだった。

Aさんはどちらかといえば高いところは苦手で、バンジージャンプなどとても無理だと思ったが、一緒に来ていた恋人が難なく飛んでしまったので、やらざるを得なくなってしまった。

高額の料金を払った後、着替えをすると金具やハーネスを取り付けられた。体重測定を終えたとたん、足がわなわなと震えてくる。すると、すぐにAさんの番になり、足にロープとタオルを取り付けられたが、それが思っていた以上に重い。足の震えを見て、スタッフがにやにやと笑った。

「スリー、ツー、ワン、ゴーッ！」

掛け声とともに、押されるような形でAさんは飛んだ。

いわれた通りに両腕を広げる。かつて味わったことのない速さで躯が落下していく。意識は朦朧(もうろう)とし、視界はもはやなにも捉えていない。真っ暗だった。

――と、そのとき、頭のなかに、ある場面が鮮烈に浮かび上がった。

病院のベッドのうえで女性が横になっている。

その顔はおぼろげだが、恋人ではないようだった。ベッドの脇でAさんはうなだれて涙をこぼしている。女性の顔を見ると、表情といったものが消え失せている。その顔色は蒼白で、とても生きているようには見えない。手を握るとほんのりと温かいが、人間の正常な体温とは思えなかった。


ふと気づくと横に恋人がいて、Aさんを見て笑っている。

どうやら飛んだ直後に気を失ってしまったようだった。しかし、妙な映像を見た記憶は明瞭に残っている。

恋人ではなく知らない女性のようだったが、あれはいったいなんだったのか。なぜ唐突にあのような場面が脳裏に浮かんだのだろう。

「よく飛んだじゃない。二回目以降はもっと安くなるらしいよ。もう一回やらない?」

嬉々としてそういうので、もう勘弁してくれよ、とAさんは答えた。

ところがマカオ旅行から帰って半年ほど経ったある日、Aさんと恋人はつまらぬことで喧嘩をして別れてしまったという。

それから三年ほど経った頃、Aさんに新しい恋人ができた。

N子さんという五歳年下の女性だった。以前の恋人よりも趣味が合い、一緒にいて楽しかった。交際を始めてすぐに結婚を意識したそうである。

ところが、そんなある日、N子さんが横断歩道で信号待ちをしていたところ、暴走車に跳ね飛ばされてしまった。

知らせを受けて病院に駆け付けると、N子さんの両親が来ていて、ふたりともハンカチで顔を押さえ、肩を震わせている。

たったいま、息を引き取ったというのだった。

Aさんはその場で膝をついてむせび泣いた。

「彼女の遺体は損傷も激しかったので厳密には少し違うんですけど、あのバンジージャンプのときに見た映像は、もしかしたらこのことだったんじゃないかって――」

また同じようなことがこれからも起きる気がして、新たに恋人を作る気はおきないという。

五十六　空き家バンク

都内に住む会社員のFさんは田舎暮らしに憧れ、東海地方某県の空き家バンクのホームページを眺めていた。

すると、一軒の古民家のことがやけに気になった。築六十年ほどでかなり年季は入っているが、内装を新しくして庭を綺麗にすれば、まだまだ住めそうに思えた。売り物件とあるが、価格は五十万円と破格なので、これなら自分でもキャッシュで買えそうだった。記載されている町役場の企画課に問い合わせ、早速内覧の予約を入れた。

いざ現地に降り立ってみると、写真で受けた印象よりも多少マシな感じがした。庭は広いが草を刈って高麗芝(こうらいしば)でも敷こうか――そんなことを考えていると、町役場の担当者が車でやってきて鍵を手渡された。

「私はここで待っていますから、どうぞなかのほうをご覧になってください」

そういうので、ひとりで玄関の鍵を開けてなかに入ってみた。

砂壁はところどころ崩れていて、たしかに修繕し甲斐はありそうだが、リフォームが仕上がったときのことを頭のなかにイメージしてみる。

水道などのライフラインについてわからないことがあったので担当者を呼ぼうとすると、車のなかから出てこようとしない。仕方なく外に出て、

「あの、ちょっと訊きたいことがあるので、なかに入ってもらえます？」

大きな声でそういうと、パワーウィンドウを少しだけ下げて、

「ここじゃダメですか」

青ざめた顔でそんなふうにいう。

なぜ一緒に入ろうとしないのか不思議に思ったFさんは、強く問い詰めてみると、担当者はようやく重い口を開いた。

「元々、ここは私の友人の実家だったんです。ところが、二十年ほど前に友人がこの家の風呂場で自殺してしまって。ご両親はそれ以来すっかり衰弱して、一年半ほどの間にふたりとも病気かなにかで亡くなりました。それ以降も賃貸で入ったひとはいましたが、すぐに引っ越してしまうんです。……出るというんですよ、アレが。こんなこと、私の口からいうのはマズいんですけど――」

担当者の男性は霊感のようなものがあるらしく、この家の近くに来ただけで異常なほど肩が張り、ひどい悪寒と頭痛が始まるのだという。それでなかには入れないというのだった。

そんな話を聞いたとあっては、もはや住む気にはなれなかった。空き家には多かれ少なかれ、そうなるに至った理由があるのだと思うと、Ｆさんは他の物件を見るのもなんだか億劫になってしまった。

それからというものは、田舎暮らしへの憧れも一気に薄れてしまったそうである。

五十七　袈裟斬り

　Kさんが引っ越しをした日の夜、作業を手伝ってくれた友人と部屋のなかでコンビニ弁当を食べていた。すると、友人が必死な感じで窓のほうを指差している。

　カーテンならすでに取り付けたはずだ。いったいどうしたのかと指差すほうを見るが、ただ白い布が窓枠を覆っているだけだった。

「黒いシルエットが日本刀を振りかざして斬り下ろす映像がはっきりカーテンに映っていたというんです」

　その界隈では江戸時代に辻斬りが横行していたことを、だいぶ後に物の本で知ったという。

五十八　男の行方

アダムさんはアメリカ中西部の某州で消防士をしているが、八年ほど前の初冬のある日、住宅火災の報を受け、現場に出動した。

すると、燃え盛る家屋の前で頭から血を流しながら倒れているひとがいる。五十代ほどの大柄の男性だった。息があるのかわからないが、隣家に延焼しそうな勢いなので、

「そこにけがをしている男性がいるから、よろしく頼むッ」

近くにいた同僚にそう告げると、自分は消火活動に当たった。

無事に鎮火した後、けが人はどうだったかと先の同僚に訊いてみると、たしかにアダムさんにそういわれたが、どこにもそんなひとはいなかったという。

「いや、いただろう、頭から血を流した男のひとだよ」

しかし同僚は、三人掛かりで探したがそのような者はいなかった、と答えた。

その後、全焼した建物の二階の部屋からひとりの男性とおぼしき焼死体が見つかったが、こめかみを至近距離から銃で撃たれており、火災の原因も放火であることが判明したそうである。

五十九　姑

現在六十代の主婦M子さんは、結婚した当初、ことあるごとに姑（しゅうとめ）にいびられていたという。

夫にそのことを話しても笑って聞くだけで、あげくの果てには「おまえがダメなんだよ」といい、露骨に母親の肩を持った。離婚も考えたが、女がひとりで食べていく自信がないので、我慢するほかなかったそうだ。

そんなある日、朝食ができたので姑を呼びにいくと返事がない。おかしいなと思い、障子（しょうじ）を開けてみると、布団に横になったまま微動だにしない。近づいてみると、息はもうなかったそうである。

あれだけいじめられた姑だが、いざ亡くなってしまうとM子さんも気が抜けたようになってしまった。なにくそと思うことで、ある意味気持ちに張りが生まれていたのかもしれなかった。

葬儀を終え、三週間ほど経った頃のこと。

M子さんはスーパーマーケットで買い物をして、家路につくため歩道橋を渡っていた。階段を下りようとしたとき、一瞬バランスを崩して、ステップから足を踏み外した。

転げ落ちそうになった瞬間、二の腕を恐ろしく強い力で掴まれたかと思うと、そのまま後方に引っ張られて尻もちをついた。しかしそのために、M子さんは階段から落ちずに済んだ。

後ろを振り向くと、西陽で見えにくいが、見覚えのあるかっぽう着姿の女が立っている。まさかそんな——と慌てて手庇（てびさし）をすると、愕くことにそれは亡くなったはずの姑だった。

「お義母（かあ）さんッ」

そういうと姑は笑みを浮かべた。生前、M子さんには一度も見せたことのない穏やかな表情だった。

後ろ向きのまま、姑は欄干（らんかん）の向こうに消えてしまったという。

六十　電柱

十年ほど前のある日、電気工事会社に勤めるMさんが電柱に登っていると、

「ママ、あそこの電柱のところにおばけがいるよ！」

そんな子どもの声が聞こえる。作業を止めて下を見ると、手をつないだ母子が電柱の近くに立って、こちらに向かって指を差していた。

――おいおい、おじさんはおばけなんかじゃないぞ。

思わず笑みが浮かぶ。

電柱にひとが登っているところを、おそらく幼児は初めて見たのだろう。それで吃驚しておばけなどといったのかもしれない。

そんなふうに思っていると、母子の近くにいる警備員がMさんに向かって必死な感じで誘導棒を振っている。なにかを伝えたいようだが、なんだかよくわからない。

するとそのとき、Mさんは見た。

真っ黒なひとがたのシルエットが、四肢を伸ばしながら電柱に張りつき、まるでヤモリかなにかのように行ったり来たり、忙しなく動きまわっていたという。

六十一　夢で教える

八年ほど前、Ｆさんは妙な夢を見たという。

それは自宅の納戸のなかで首を吊るというもので、麻紐にぶら下がって揺れているのだが、意識ははっきりとしていて、手脚を動かすこともできる。すると、見知らぬ五十年配の男がすぐ横に来て、自分にも首の吊り方を教えてくれといってくる。

こんなことは他人に教えるものではないだろうと思いながらも、Ｆさんは紐の縛り方などを細かく指導するのだった。

夢から覚めると、もちろん首など吊っていなかったが、喉の辺りに強い違和感をおぼえて仕方がなかった。

その日の夜、仕事から帰ってくると、近所で首吊り自殺があったことを妻に知らされた。愕いたＦさんは、それはどんなひとかと尋ねたところ、自宅の裏側にあるアパートにひとりで住んでいた五十代の男性らしいということだった。

六十二　横たわる男

建設会社に勤めるFさんの話である。

四年前の夏、ある運河の浚渫（しゅんせつ）工事をFさんの会社が手掛けることになった。

浚渫とは、港湾や河川、湖沼などの水底の土砂をすくってヘドロを取ったり、運搬処分したりする作業である。

Fさんは現場監督とあって忙しく指示を出していたが、ひとりの若い作業員が、具合が悪いというので、休憩所で休ませることにした。

朝から気温が高かったので熱中症の疑いがあった。医者に見せたほうがいいかもしれないと思い、休憩所に入ると、作業員は顔のうえに白いてぬぐいを乗せてぐったりとしている。それを見て、一瞬本当に死んでいるのかと錯覚し、慌てて近寄った。

「おい、大丈夫か？」

そういうが返事がない。

――いや、まさか。

横になった作業員のすぐそばに立ってみたが、微動だにしない。

眠っているのだろうか。そうだとしても、このままにしておくのは危険ではないのか。

起こしてでも病院に連れて行かなければと思い、そっと、てぬぐいを取った瞬間、Fさんは作業員の顔を見て吃驚してしまった。

若者ではなかったからである。

同じ作業着を着ているが、どう見ても六十代ほどの男がそこに横たわっていた。頬から喉にかけて白い無精ひげに覆われ、左のこめかみと眼の下に大きなしみができている。そんな顔をした男が苦しそうに渋面を作っている。

これは誰だ。こんな男は知らない。あの若者はいったいどこへ行ってしまったのか。すぐに休憩所を出ると、近くにいた別の作業員に、具合が悪くて休んでいる若者はどこにいるか知っているかと尋ねた。

すると不思議そうな顔で、

「休憩所にいますけど。ついさっき、自分もなかに入って話をしましたから」

と、そう答えた。ならば、とその作業員も引き連れて休憩所に入ってみると、さきほどと変わらない姿で作業着姿の男が横になっている。

「ほら、いるでしょう」

顔のてぬぐいは床のうえに落ちている。

ふたりで近くまで行ってみると、それはやはり社員の若者だった。

「お、おい、大丈夫なのかッ」

自分でも愕くぐらいうわずった声でそういうと、若者は眼を開け、上半身だけようやくといった感じで起き上がった。

「少しだけ楽になりました。でも、まだ頭が痛くてふらつきますね」

「そうか、無理をしちゃいけない。俺が病院に連れていくから。さあ、車に乗って——」

そういって、ふたりで躯を支えるように車まで運んだ。

病院での診断によると中等度の熱中症とのことだったが、幸い大事には至らなかった。作業員たちの体調面をもっと気配りすべきだったとFさんは深く反省していた。

その後、浚渫作業は無事に終わったが、工事の日から一週間ほど経った頃のこと。

居酒屋のカウンター席で店主相手に、最近運河を綺麗にする作業をやったことを話していると、近くに座っていた常連客のひとりが、

「運河っていやあ、あそこのことかい。あの川には苦い思い出があってねえ。まあ思い出っつっても、そんな昔のことじゃねえけどさ。三年ばかし前に幼馴染があそこで死んじゃった。自殺。金には困ってたみてえだけど、あの歳で奥さんに出ていかれちまったのが、アイツを追い詰めたのかもしれんなあ」

と、そういった瞬間、Fさんの脳裏に休憩所で横になっていた、あの男の姿が思い浮か

んだ。

幼馴染といったが、常連客も六十代ほどなので、Ｆさんが見た男と同年代である。

そんな莫迦な、と思いながらも、自殺した男性の容姿を尋ねてみると、あの日、休憩所で横になっていた男とすべてが合致したそうである。

六十三　民泊

三年前、会社員のC子さんはアイルランドの田舎町を巡る旅行を計画したという。

ホテルもいいが、民泊を体験してみたいと思い、インターネットで一軒の古民家を見つけたそうだ。

写真を見るかぎり、外観は年月を経た感じのレンガ造りだが、なかは綺麗に改装されており、設備も最新のものが備わっている。キッチンも付いているので自炊もできそうだった。すぐに予約を入れると、出発の日を楽しみに待った。

現地に降り立つと、観光はせずにすぐに宿泊先へ向かった。

これから数日間の根城となるのだ。長旅で疲れていたので早く横になって休みたかった。

予約した家はアイルランド東部のカーロウ州のバレン川の近くにあった。

写真で見た通り、こぢんまりとしたレンガ造りの建物だが、窓やドアなどは新しいものが取り付けられているので、古めかしい感じはしない。庭も手入れの行き届いた芝が隅々まで張られている。

なかに入ってみると更に愕いた。

壁はレンガのうえに漆喰かなにかを塗っただけのようで凹凸が激しいが、全体が白いので、それはそれでおしゃれに見える。リネン類も清潔で、トイレやキッチンも新品同様のものが備わっていた。

ホテルなんかにしないで、ここにして正解だった——そうC子さんは思った。

シャワーを浴びると、軽く空腹をおぼえたが、疲れのせいかベッドで横になるとすぐ眠りに落ちてしまった。

どれくらい寝たのだろう、なにか妙な物音で目覚めたが、部屋のなかは真っ暗になっているので、なにがなんだかわからない。部屋の灯りを点けようと、スマートフォンのライトをかざして壁のほうを照らしてみる。

すると——。

あろうことか、部屋のなかに馬がいる。顔の真ん中に白いラインの入った大きな馬である。

あまりのことにベッドのうえで身じろぎもできず、C子さんは茫然としていた。

——と、その瞬間、

「ヒヒヒィーン！」

突然、大きな声で嘶いたので、着のみ着のまま外に飛び出した。

幸いスマートフォンだけは手のなかにある。すでに深夜ではあったが、大家に電話を掛けてみた。

すると数コール目で出て、

「そろそろ電話がくると思っていましたよ」

愕く様子もなく、そういった。

「詳しいことは明日話しますから。もう部屋に入ってもらっても大丈夫よ。あれは一度しか出てきませんからね」

どういう意味かわからないが、恐る恐る部屋に戻ってみると、馬の姿はどこにもなかった。


翌朝の早い時間に大家はやってきたが、声のイメージ通りに上品な感じの老嬢(ハイミス)だった。

女性の話によると、この家は十六世紀の建物だが、昔は馬小屋だったという。

曾祖父の代までは馬を飼っていたが、それ以降は物置小屋と化していたので、女性が一念発起してモダンな家屋にリフォームし、現在は民泊用に貸し出しているとのことだった。

女性いわく、そういった——霊的なことに敏感なひとは、家のなかで馬の姿を見てしまうことがあるという。しかし、それも初日の一度だけだというのである。

「今晩はどうされますか?」

そう問われたが、これからホテルを探すのも面倒なので、女性の言葉を信じてその日も泊まることにした。話の通り、馬は二度と現れず、残りの日程は快適に過ごすことができたそうだ。

「またアイルランドに行くことがあったら、次もあの家に泊まりたいですね」

そうC子さんはいう。

六十四　標的

二十年ほど前、Yさんが秋祭りで神社に行くと、たくさんの屋台が出ている。

金魚すくいにヨーヨー釣り、輪投げに千本引き――小銭を握りしめながら、どれをやろうかと悩む。すると射的の屋台を見つけ、これまでやったことがなかったので、店先に立つ老婆に金を払った。

「完全に下に落ちないとダメだからね」

標的は戦隊ヒーローの人形だった。

特に欲しいわけではないが、狙いを定めて撃った。乾いた破裂音とともに赤い弾が人形の頭に当たる。すると、バランスを失って後頭部を打ちつけるように板のうえに倒れ、その反動で木の棚の一番下まで落下した。

老婆は忌々しそうに人形をYさんに手渡してきた。

その後、家に帰ると両親がなんだか慌ただしい。

どうしたの、と尋ねると、父親はなんでもないと答えたが、後日、父親の弟――Yさんにとっての叔父が、会社の金を横領したのが露見して、ビルから投身自殺を図ったことを知った。

「関係ないのかもしれませんが、タイミング的になんだか自分のせいのような気がしてしまって。それに――こんなことといってはいけませんが、その叔父さんのこと、僕あんまり好きじゃなかったんです」

獲った人形を見るのもなんだか厭で、公園のごみ箱に捨ててしまったという。

六十五　盗んだ自転車

会社員のIさんは大学生のひと頃、自転車の窃盗を繰り返していたという。

もちろん自転車泥棒は立派な犯罪である。刑法二三五条の窃盗罪に該当し、法定刑も十年以下の懲役または五十万円以下の罰金と規定されている。

しかし、当時は「ちょっと拝借した」程度にしか考えていなかった。もっとも、真新しい自転車だと盗難届を出される可能性が高いため、見た目に古びた自転車ばかり狙ったそうだ。

そんなある日、駅前の自転車置き場に一台の恰好な赤い自転車があった。

いわゆるママチャリなのだが、いつから放置されているのか、サドルは埃をかぶり、チェーンやブレーキもだいぶ錆(さび)ついている。が、タイヤの空気は乗るのに支障がない程度には残っていた。

どうやら一度盗まれて乗り捨てられたようで前輪のところの鍵も壊されている。ダイヤルロックのチェーン錠も付いていないようだった。サドルを少し掌で拭い、あたかも自分のものであるように自転車に跨った。乗り心地に案外悪くなく、多少手入れをすればまだ活躍しそうに思えた。

その自転車を手にしてから一週間ほど経った頃。

大学の友人がIさんのアパートに遊びに来て、部屋でゲームをやったり漫画を読んだりしていたが、

「ちょっと俺、腹へったからコンビニ行ってくるわ。お前の自転車貸してよ」

友人がそういうので、外にある赤いやつ勝手に乗っていいよ、とIさんは答えた。

「なんだお前、また盗んだのかよ」

そう笑いながら友人は部屋を出て行ったが、五分も経たないうちに戻ってきて、

「あの赤いチャリンコだよな。なんか女のひとが乗ってるんだけど」

困惑した表情でそういった。

友人によると、きついパーマをかけた五十代ほどの女が、アパートの駐輪場で赤い自転車に跨っているというのだった。両手はハンドルを握り、足はペダルのうえに乗っているが、まっすぐ前を見つめたままで身じろぎもしない。

なんだか気味が悪くなって帰ってきたというのだった。すぐにIさんも外に出て駐輪場へ行ってみたが、自転車はあるものの、友人のいうような女のひとはいない。

どうせお前の見間違いだろうとIさんはいったが、友人は小首を傾げて納得していない様子である。アパートには自分以外、赤い自転車に乗っている者はいなかったし、そもそ

も学生向けの物件とあって中年の女性などひとりも住んではいないのだった。

一瞬、自転車の本当の持ち主ではないかと思ったが、もしそうだとしたら、盗んだ犯人を探すなどしそうなものである。どうしていなくなってしまったのか、Ｉさんには理解ができなかった。

その頃からなぜかＩさんは頻繁に夢を見るようになったが、友人の言葉がよほど心に残っていたのか、赤い自転車に乗ったパーマヘアの女が、Ｉさんの前を横切っては止まり、振り返る、そんな映像をひと晩のうちに何回も見るようになった。女の顔は靄（もや）がかかったようでよくわからなかったが、微笑んでいるようにも憤怒しているようにも見えた。

なんだか自転車に乗ることが恐ろしくなり、盗んできた場所に戻しにいったそうである。

それがきっかけとなり、以降、自転車の窃盗はしなくなったという。

六十六　マッサージ機

　五年ほど前、ある富裕な高齢の男性が亡くなり、身寄りがいないので、家財を処分していると聞いたKさんは、その話をしてくれた知人を通じて、マッサージ機を貰い受けることになったという。

　建売の狭い自宅には不釣り合いなほど大きな椅子型のマッサージ機で、治療院などでも見かける有名メーカーの製品だった。もし新品で購入したら、かなり高価なものに違いないと思われた。

　早速電源を入れて動かしてみると、細かなところまで適度な強さの刺激を与えてくる。大衆浴場に置いてあるマッサージ機を使うことはよくあったが、その気持ちよさといったら、そんなものとは比べものにならない。これはいいものを手に入れたなとKさんは喜んでいた。

　しかし、一週間ほどした頃、

「まったくこんなもの邪魔でしょうがないわ。それに動かしっぱなしにしないで、やめるときは電源を切ってよ」

　妻が怒りながら、そんなことをいう。

大きいのは仕方がないが、自分が使った後は必ず電源を切るようにしている。それにコース指定して施術するのだから、終わったら勝手に電源はオフになるはずだった。

「そんなわけないだろう。電源は切ってるよ」

そういって少し言い合いになったが、それから二日ほど経った頃、マッサージ機に座ろうと設置した和室に入ると、誰も座っていないのに機械が動いている。妻は買い物に出ているし、息子はまだ中学校から帰ってきていない。家のなかには自分しかいなかった。

壊れているのではないかと思い、Kさんはメーカーに電話を掛けて、出張の修理サービスを呼ぶことにした。

翌日、サービスマンが来訪し、ひと通りマッサージ機を動かしていたが、訝しげに首を捻っている。部品をいくつか交換し、

「おそらくこれで大丈夫だと思いますが――」

頼りなげな口調で、そういって帰っていった。

しかし、その日の夜にまたひとりでに動きだしたので、メーカーにクレームを入れようと思った。しかし、定価で購入したわけではないので、あまり強いことをいえたものではない。

仕方なく使わないときはコードをコンセントから抜いておくようにした。

すると、その日の深夜のことである。

ふと目覚めたKさんは、和室のほうからなにか音が聞こえてくるのに気づいた。考えるまでもなく、それはマッサージ機の動く音だった。

まさか、と起き上がって、和室に向かう。しかし、コンセントからコードは引き抜いているはずである。あんなことをいったくせに妻がこっそり使ったのではないか――そう思いながら、襖を開けた瞬間。

背筋に冷水を浴びせられたようにKさんはぞっとした。

マッサージ機に誰か座っている。

廊下の明かりに照らし出されたそれは、ありえないほど座高の高い、そのうえ、これ以上ないほどに痩せこけた老人だった。眼だけがぎろぎろと黄色っぽく光りながら、Kさんのことを睨みつけている。

あまりのことにしばらく動けずにいたが、なんとか部屋の照明を点けると、忽然と老人の姿は消えた。が、マッサージ機は動いたままである。電源プラグを見ると、誰の仕業か、壁のコンセントに深く差し込まれていた。

それ以降というもの、マッサージ機を使う気が起きず、結局、庭の物置に仕舞いこんでしまったそうである。

六十七　客室清掃

スペイン・マドリードの繁華街にあるホテルの客室清掃係であるルシアさんが、チェックアウトした部屋に入ろうとしたら、ベッドにまだ客が寝ている。

そんなはずはないのでフロントに確認をとると、清算も済ませて先ほどホテルをあとにしたとのことだった。

見間違いだったのか、と再び鍵を開けて入ってみると、ベッドのうえには誰もいない。

やはり自分の勘違いか——と、そう思ったが、薄暗い部屋のなかに一歩踏み込んだとたん、ひどく澱（よど）んだ空気に思わず鼻を摘まんだ。

すぐに換気せねばと窓辺に行き、カーテンに手をかける。すると、風呂場のなかの電気が点いていて、すりガラス越しになにか黒いものが見えた。それが、ゆらゆらゆらゆら、と揺れるように動いている。

——やはり誰かいたのか。

しかし、チェックアウト済みなのはたしかなのだ。宿泊客はひとりだったのだから、もし連れがいたのなら、それはそれで問題である。この眼でたしかめる必要があった。

風呂場の前に立ち、ドアをノックしてみる。しかし、返答はない。

ドアに耳を当ててみるが、なんの物音もしなかった。

思いきって風呂場のドアを開けてみる。――が、誰もいない。

これも見間違いだなんて、いったいどうなってるの――と、ルシアさんが部屋のほうに振り返った瞬間、こちらに背中を向けた姿勢で誰かがベッドに寝ている。

カールがかった短い黒髪がはっきりと見え、背の高い男性が布団を被りながら横になっている。

「すみませんが、お客様は――」

そう口を開いた刹那、男は上半身だけ起き上がったかと思うと、顔をこちらに向けながら忽然と消えてしまった。

後日、古株の男性従業員に訊いたところ、彼が知っているだけでも、その部屋では過去に七回ほど人死にが出たそうだが、死因は急な病気のこともあれば、自殺のときもあった。明らかな他殺で事件となるケースも何度かあったということだった。

六十八　非常階段

Qさんの勤め先はオフィスビルの五階だそうだが、自分のデスクの真後ろに非常階段の扉があるという。

常時鍵が掛けられていて、内側から開けることはできるが、外からは入れないようになっている。そのドアが時折、物がぶつかるような音を立てることがあった。

その度に誰かいるのではないかと感じるのだが、非常階段で五階まで上がってくる者などいないはずだし、海が近いオフィス街とあって、吹きつける風の影響で、そんな音がするのだろうと思っていた。

ところが三年ほど前の春のある日、Qさんはオフィスで残業をしていたが、ふと時計を見ると夜の十一時近くになっている。

そろそろ帰らねば、と支度をしていると、非常階段のドアから、どんッ、と大きな音がしたので、一瞬、吃驚して振り返った。すると、がちゃがちゃ、がちゃがちゃ、とドアノブがもの凄い早さで回転する。

誰かいるのだろうか――と、そう思った瞬間、どんどんどんどんッ、と烈しく扉を叩く音がしたので、

「誰ですか、外からは入れませんよッ」

そう大きな声でいったが、向こうからはなんの返答もない。

ドアノブに手を掛けようとした刹那、「開けたらダメだ」と本能的にQさんは感じ、身支度もそこそこにオフィスを飛び出したという。


翌日は新入社員の歓迎会だったので、その席でQさんは先輩社員に昨晩のことを話してみた。


非常階段のドアが時折、風かなにかで軋むことは知っていたが、ドアノブがまわったのなら誰かいたのではないか、といった。しかし、声を掛けたのに返答がなかったことをいうと、しばらく思案気にしていたが、なにかを思い出したように、

「そういえばさ、もう四十年ぐらい前のことだけど、今の会社の建物ができる前、やはり同じようなビルが建っていたらしい。ところが煙草の不始末かなにかで火事になったそうだよ」


当時は非常階段がなかったため、十人ほどが焼け死んだというのだった。被害は五階に集中していたという。

「それを聞いて思ったんです。あれは外からではなく、内側から叩いていたんじゃない

かって。あのまわっていたドアノブもそうですが――」

課長に席を替えてもらえるよう直談判したが、すげなく断られてしまい、今も同じデスクで仕事をしているそうである。

六十九　豚コレラ

東海地方で畜産農家をしているGさんの農場で、数年前に豚コレラが発生し、殺処分した豚は五百頭を超えたそうである。

頭を悩ましたGさんだったが、豚舎のなかで追い込みをする自衛隊員や注射や電気ショックで処分をしていく獣医師も悲痛の表情だったという。

そんな夜、Gさんは眠れずに布団で横になっていた。すると、豚舎のほうから豚の鳴き声が聞こえてくる。

そんなはずはない。飼育しているすべての豚は殺処分されたのである。それに付近に養豚場はGさんの農場以外にはなかった。

精神的なダメージから、風かなにかを豚の鳴き声に聞き違えたのではないか。

しかし、聞きなれた声とあって間違えるはずがない。

そんなふうに思っていると、風呂から出てきた妻が窓の外を指差しながら、

「ねえッ、あなた、あれ――」

Gさんは軽くうなずくと、夫婦ふたりで豚舎のほうに向って手を合わせたという。

七十　絆

四十代の男性Oさんの話である。

Oさんは二十代の中頃に当時交際していたM子さんと結婚したという。しかし、それから五年も経たぬうちに妻に乳がんが見つかった。あれよあれよという間に症状は悪化していく。余命宣告を受けたが、素直に受け入れることなどできなかった。

「私は死にますけど、いつまでもそのことをひきずらないでね。いいひとがいれば、あなたは結婚したっていいんだから」

一気に体力が落ちたある日、やせ細った躯で妻はそういった。

Oさんは涙を流しながら、

「そんなこというなよ。……そうだ、生まれ変わったらまた一緒になろう。俺と君は一蓮托生なんだよ」

そういって強く手を握った。

「うん、ありがとう。約束ね――」

それが妻の最期の言葉だったという。

妻が亡くなり十年ほど経った頃、Oさんは職場でN美さんという女性と出会った。もうひとを愛することなどできないと思っていたが、毎日顔を合わすうちに恋心が芽生えていることに気づき、自分でも愕いた。自制しようと思うほど、そういった気持ちは抑えることができない。N美さんもOさんに気持ちがあるらしく、周囲からそのことを仄めかされた。

なんでも話せる仲の良い同僚は、

「M子さんを想う気持ちもわかるけど、もういいんじゃないかな。おまえも前を向いて新しい生活を送るべきだよ。それがなによりも彼女の供養になると思うんだ」

その言葉が後押しとなり、N美さんに告白をし、付き合うことになった。

一年ほどの交際期間を経て、ふたりは結婚したそうである。

その後、半年ほどしてN美さんは身ごもった。つわりもひどく難産だったが、帝王切開の末、無事に生まれた。女の子だったそうである。

自分に子どもができるなど考えてもいなかったが、実際に生まれてくると可愛くて仕方がない。オムツ替えやお風呂など、積極的に育児を手伝った。N美さんもそのことを感謝しているようだった。

すると、娘が五歳になった頃、妙なことをいい始めた。

「あたしねー、パパとけっこんするんだ！」

なにをいうのかと夫婦ふたりで微笑んでいると、

「ほんとうだよッ、だって、ずっとまえにやくそくしたんだから！」

妻は、まあすごいわねえ、と笑って聞いているが、Oさんは心臓を掴まれたようになった。

「どうしたの、あなた。そんなに怖い顔をして」

いやなんでもない、と答えたが、顔がひきつるのを自分でも感じた。

このところ娘の様子がおかしいとは薄々思っていた。

どちらかといえば、ママよりもパパっ子で、家のなかはもちろん、コンビニや近くの自販機へ行くのにも付いてくる。それだけなら可愛いものだが、躯にしなだれかかってきたり、甘えてきたりする仕草が妙に大人っぽいときがあり、愕かされることも一度や二度ではなかった。

それに――。

娘のちょっとした癖――耳たぶを揉むように触ったり、鼻の下を人差し指でさすったりする動作のひとつひとつが、亡くなったM子さんのそれにそっくりだった。

だが、そう思うだけで、今の妻にそんなことを話せたものではない。

「それだけじゃないんですよ」

娘の名付けの際、亡くなったM子さんの名前から一字もらったのだが、ありふれた漢字なので妻も気づいてはいないようだった。

そのことを知ってしまったらショックを受けるだろうし、実の子であっても――大袈裟かもしれないが、前のようには愛せなくなってしまうかもしれない。だから今後も妻にいうつもりはないという。

「この先、娘がどうなっていくのか、少し不安といえば不安です。ちゃんと好きなひとができてくれればいいんですが。それはそれで、父親として嫉妬するかもしれませんけどね」

そういって笑う。

生まれ変わりなんて、そんなものが本当にあるのかどうかわかりませんが、とOさん。

「もし娘が前妻の生まれ変わりであるなら、僕が逝くまで待っていられなかったんでしょう。親子ですからもちろん結婚はできませんけど、ある意味、夫婦よりも絆は強いかもしれませんね」

そうOさんは語った。

七十一　メーデー

八十代の女性N子さんの話である。

六十年ほど前、当時製糸工場に勤めていたN子さんは、メーデーの決起集会で決議文を読まされることになったという。

そういったことを女性がするのは極めて珍しい時代とあって、なぜ自分などに白羽の矢が立ったのかわからない。緊張のせいで手脚が震え、立っていられないほどだった。

すると、

「がんばってね、N子さんだったらぜったいに大丈夫だから」

横から突然そんなふうにいわれ、見ると知った顔の女性である。

同じ職場ではあるが、作業班が違うので、これまでしゃべったことはないひとだった。

――と、そう思ったのだが、なにか妙な胸騒ぎをおぼえた。

「亡くなっていたはずなんですよ、そのひと。仕事で失敗したのを上司になじられて、厭になってしまったのね。近くの湖で入水したのよ」

それだけではない。

周囲を見ると、過去に寮で首を吊った若い女性や病死した者など、すでに死んでいるはずの同僚が三人ほどいたので、N子さんは言葉を失った。

「ひどく緊張していたから、そんなものを見てしまったのかもしれないね。幻といっちゃえばそれまでだけど――」

亡くなった者たちは過酷な仕事のせいで命を落としたのはたしかだった。それで職場環境の改善を求める会に来ていたのではないか、とN子さんはいう。

七十二　歯

主婦のM子さんが中古で買った一軒家の庭で草むしりをしていると、砂利のなかに白いものが見える。気になったので拾い上げてみると、どうも石ではない。軽さや形状からすると歯のようである。それも小さいので乳歯と思われた。

おそらく前の住人に幼い子どもがいて、歯が抜けたときに屋根か軒下のどちらかに投げたのだろう――と、そんなふうにM子さんは思った。

歯を拾ったものの、どうしたらいいかわからない。そのまま再び元に戻しておくのもなんだか気が引ける。それで仕方なく庭の隅に穴を掘って埋めた。

すると数日後、再び庭で草むしりをしていると歯が落ちている。それもひとつではなく複数落ちていた。前回とは違うところに穴を掘り、また埋めておいた。

その後も草むしりをする度に歯が出てくるので、厭になって庭いじりをすることも少なくなった。

M子さんが見つけただけでも二十個ほど庭に落ちていたことになるので、さすがに奇妙に感じた。子どもが何人いたのか知らないが、これほどたくさんの歯が落ちていることなどありえるだろうか。

ある日、近所の女性と立ち話をした際、さりげなく前の住人について尋ねてみた。

すると、子どもはいるにはいたが、ひとりっ子とのことだった。しかも――。

「生後三歳で夏風邪をこじらせて亡くなってしまったそうなんです。三歳なんてまだ歯は生え変わりませんから」

子を亡くしたことで夫婦仲も悪くなり、離婚することになったのだという。それで折角建てた家を売りに出したということだった。

「なんだか胸騒ぎがして、歯を埋めた場所を掘り返してみたんです。そうしたら――」

なぜかひと欠片（かけら）も出てこなかったそうである。

七十三　アウトバーン

三年ほど前、ドイツ人のエミールさんはケルンからフランクフルトに向けて高速道路を愛車のフォルクスワーゲンで走行していた。

アウトバーンと呼ばれるその道路は、速度無制限として世界的に知られているが、実際には速度制限の区域も多く、現在では無制限の場所でも速度三〇〇キロ以上で走ることなど不可能だという。

エミールさんはスピード狂ではないが、それでも一六〇キロほどで走っていたところ、走行する道路に縦に引き伸ばされたような大きな顔が見える。そう思うまもなく一瞬にして通り過ぎたが、成人男性のように思えた。注意喚起のためか知らないが、変わった路面標示だなとエミールさんは思った。今までこのようなものは見たことがない。

すると、十キロほど進んだ辺りで、また縦に引き伸ばされた顔のようなものが見え、通り過ぎた瞬間、若い女性の顔であるのがわかった。

その後、更に十キロ行った先で再び引き伸ばされた顔が見えたが、車が近づいた瞬間にいたいけな男児の顔であるのがわかり、とたんにエミールさんはあることを思い出していた。

――数年前、この道路で起きた事故で亡くなった三人家族ではないのか。

アウトバーンを降りた後、管轄する州政府の行政機関に問い合わせてみたところ、高速道路にそのような表示などありえない、といわれたそうである。

七十四　退董式

五年ほど前、Wさんの菩提寺の住職が、高齢で退任するため退董式が行われたという。檀信徒たちも式に呼ばれたのでWさんも顔を出したが、どう数えても参列者が二百人ほどいる。小さな寺とあって檀家は少ないはずなのに、なぜこれほど集まっているのだろうと不思議に思った。

読経が始まり、皆眼を閉じて手を合わせる。十分ほど経った頃、足が痺れたので組みなおそうとしたとき、ふと背後を見ると、どうしたことか三十人ほどしかいない。いつのまにいなくなったのか。しかし考えてみたら、この小さなお堂のなかに二百人も入るのは不可能なことだった。

「宙に浮いたり、重なり合ったりしないと収まらないはずなんです」

そういえば、遠い昔に見知ったような顔がちらほらあった気がするんですよね——。

そうWさんは語る。

七十五　空耳

公務員のKさんは街なかでよく白杖を突いて歩くひとを見かけるという。

近くには視覚障害センターがあるため、そういった方が多いのだそうだ。

三年ほど前のある日、交差点で信号待ちしていると、眼の前に杖を持った視覚障害者とおぼしき男性が立っていたが、横断歩道がまだ変わらないうちに歩きだそうとした。

目前に加速した車が迫っていたため、咄嗟に男性の腕を掴んで、

「危ないですよッ。まだ赤ですから。青になったら一緒に渡りましょう」

そういうと、

「……ああ、それはどうも。いえね、今耳元で信号変わりましたよっていわれたもんで」

その交差点には自分とこの男性しかいない。そんなことをいった者はいないはずである。

「ここには僕とあなたしかいませんよ。もちろん自分はそんなことといってませんから――」

Kさんがそういうと、ええ全然声が違いますから、と男性は答えた。

男性の勘違いによるものと思われたが、そういった空耳のようなことで事故に遭ってしまうかもしれないのだから、ドライバーにしろ歩行者にしろ、周りの健常者たちがもっと注意していかねば、と彼は強く感じた。

それから二週間ほど経った頃。

先日の交差点近くの歩道を歩いていると、きゃんきゃんきゃんきゃん、と烈しい犬の啼き声が聞こえた。思わず声のした方を見ると、ハンチング帽をかぶった六十代後半ほどの視覚障害者と思われる男性が、歩道から車道に出ようとしている。

幸い車は来ていなかったが、そこは信号も横断歩道もないので、Kさんは慌てて男性のほうに走った。

犬はリードを引っ張りながら吠えたてているが、その声がまったく聞こえていないのか、男性はどこかに向かって会釈するような仕草をし、今や道路のなかほどまで歩いてきてしまっている。車がないのを確認して、Kさんは車道に飛び出ると、

「危ないです、ここは車道ですよッ」

そういって男性の躯を支えるようにして急いで歩道まで連れていった。

「……ああ、すみません」

そう男性は呟くようにいったが、眉根を寄せてなにか思案気にしている。

どうされましたか、と尋ねると、

「なんやようわからんのやけど、耳元で男のひとの声がして、そっちは危ないからこっちですよ、というんです。それから、こんなふうに肩を抱く感じで。それであそこまで連れ

ていかれたような具合ですわ」

そう男性は答えたという。

幸いその後も視覚障害者の方の事故があったとは聞いていないが、街なかで杖を持ったひとたちを見かけると、できるかぎり見守るようにしているそうである。

七十六　よろしくたのむ

葬儀業者のBさんから聞いた話。

以前、Bさんが取り仕切った葬儀の際、故人の妻からこんなことをいわれた。

「昨晩、ずうっとあのひとの側に付いていたんです。眠るでもなく、うつらうつらとしながら。どれくらい経った頃でしたか、突然、顔の白布が不自然に動くものですから、吃驚して布を取ってみましたら、あのひとの口が、かぱーっと開いていたんです」

「それは死後硬直が解けたんですね。ごく自然なことですよ」

「でも、はっきりと、サチコッ、って私の名前を呼んだんです」

そんな莫迦なことが、とBさんは思ったが、

「……さようですか。故人は奥様に寄り添っていただいたことで、おそらく嬉しかったのかもしれませんね」

そう返すと、

「どこどこのスナックにいくらツケがあるから悪いがよろしくたのむ、と、はっきりそういったんです」

「いやぁ、さすがにそれは。きっとお疲れなんですよ」

「でも、電話して訊いてみたら本当だったのよ。お店のひとに亡くなったことを伝えたら、すごく吃驚していてねえ。だったらお代はもう結構ですから、っていうんですけど、それも申し訳ないから、うちの子たちにさっき持っていかせたところなの」

朝になって再び故人の顔を見ると、口は元のように閉じていたとのこと。

そんなことを一度だけ遺族の方からいわれたことがあるという。

七十七　目撃者

　二十年ほど前、スペイン人のホアンさんがロンドン旅行をした際、ピカデリー・サーカス駅近くのスタンド・ピザ店で金を払っていると、突然、店主が愕いた顔でホアンさんの背後を指差している。

　なにごとかと振り返ったら、額から鮮血を流した若い女性がすぐ背後に立っていた。

「君、大変だよッ、その怪我どうしたの？」

　ホアンさんがそう尋ねると、なんでもないというふうに女は手を振ったが、その輪郭が朦朧となっていき、ついには跡形もなく消えてしまった。

　それを店主と一緒に目撃したことですっかり意気投合し、その夜パブでともに飲み明かした。それ以来、ふたりは定期的に連絡を取り合うほどの仲になったという。

七十八　解体現場

二十代の女性Aさんから聞いた話である。

Aさんの自宅の近所で、一軒の古びた家屋が解体されることになった。

彼女が子どものときにはすでに空き家だったが、ひとが住んでいないことでなんとなく気味が悪く、昔からその家の前を通るのが厭だった。

そういった雰囲気のせいか、近所の子どもたちの間では幽霊屋敷と呼ばれ、その家の玄関のドアノブを触ったり敷地に足を踏み込んだりすることが度胸試しのように行われていたという。

そんなこともあって、ようやく解体されるのかとAさんは安堵していた。

業者が入って解体が始まった頃、Aさんが自宅に帰ると、夕飯もまだだというのに、母親が布団を敷いて横になっている。

「どうしたの。風邪でもひいた？」

そう尋ねると、ううん違うの、と母はいったが、しばらくの沈黙の後、訥々（とつとつ）と話し始めた。

その日の夕方、母親が買い物から帰宅する際、解体現場の前を通った。

すると、二階の壁が取り除かれたところから下を見下ろすように立っているひとがいる。

解体業者のひとだろうかと思ったが、よくよくその姿を見たとたん、背中に冷水を浴びせられたようになった。

Aさんの生まれるずっと以前にその家で首を吊った主婦だったと、かつて見たことがないほど青褪めた顔で母親はそういったそうである。

七十九　微笑みのわけ

五十代の女性C子さんから聞いた話である。

二十年ほど前、C子さんが会社を早退して婦人科の医院を受診したときのことだという。待合室で雑誌をめくっていると、自分の座っているすぐ斜め前に腰掛けている中年女性の後ろ姿がやけに気になった。

すっきりとした細身の体型や少し見えている横顔、鬢(びん)の感じ、着ている洋服も、すべてどこかで見覚えがあったからである。

他人の空似かもしれないが、もしそうだとしても、いったい誰だったろうと思い出していると、あるひとりのことが思い当たった。しかし、そんなはずはない。

それは小学校と中学校が一緒だった親友の母親だったが、十年ほど前に病気で他界していたからである。

似ているだけよね、と思っているとC子さんの名前が呼ばれ、診察室に向かう。その途中、さりげなく振り返ってその女性の顔を見たとたん、愕きのあまりよろめいてしまい、それを看護師が慌てて支えた。

亡くなっているはずの親友の母親だったからである。

しかもC子さんの顔を見つめながら、かつてよくそうしたように片頬に深いえくぼを作りながら、にこやかに微笑んでいる。

診察中も心ここにあらずで、医師の言葉がさっぱり頭に入ってこない。

もしかしたら見間違いではないのか。

あの優しい笑顔は、子どもの頃よく家に遊びに行ったときに見せてくれた表情そのものだった。着ているものも白地にラベンダーの小花柄のワンピースで、たしか当時「そのお洋服かわいいですね」と褒めた記憶があった。

絶対にひと違いなどではない。しかし、葬儀にも行ったのだから亡くなっているのはたしかである。そうなると、あのひとは幽霊なのだろうか。あんなふうにはっきりと見えるものなのか。万が一そうだとして、いったいなぜ私なんかのところに？

そんなことばかり考えているうちに診察は終わり、再び待合室に出たが、そのときにはもう女性の姿はなかった。

C子さんはその足で親友の実家に向かった。そこからは徒歩で十分ほどの距離だったので、とにかく行ってみようと思ったという。

親友は他県に嫁いでいるため不在だったが、父親と弟が家にいて、久しぶりの訪問を喜んでくれた。

「たまたま近くに来たので、お母さんに線香をあげさせてください」

と、そういったが、つい今しがた医院の待合室で見かけたなどとは、とても告げることができなかった。そんなことを話したところで、信じてもらえるわけがないだろうと思ったからだった。

親友の母親を見たことですっかり心がざわついていたが、線香を一本あげると少し気持ちが落ち着いた。

家を辞した後、職場に忘れ物をしたことを思い出し、電車に乗って当時働いていた建設事務所に向かった。

すると、なにがあったのか、会社の入り口付近にパトカーが何台も停まり、周囲にひとだかりができている。

「いったいどうしたのよ」

近くに見えた同僚の女性にそう尋ねると、

「トラックが事務所に突っ込んだのよッ。オフィスのなかはもうめちゃくちゃ。知ってるでしょう、Dさんっていう年輩のドライバーのひと。持病の発作で意識を失ったみたいで。ついさっき病院に運ばれたけど、重体だって」

ひとをかき分けながら事務所のほうを見ると、壁には大きな穴が開き、ガラスというガラスが砕け散っている。トラックは完全に奥まで突っ込んでしまっているようだった。

「けが人は？　会社のみんなは大丈夫だったの？」

そう訊くと、同僚は涙を流しながら、

「経理のコがもろに下敷きになっちゃって。血だらけだった。もしかしたらダメかもしれない……」

それを聞いて愕くのと同時に、C子さんは蒼くなった。

経理の若い女性の席は、自分のデスクのすぐ隣だったからである。

早退していなければ、きっと私もトラックの犠牲になっていたに違いない——。

「虫の知らせといっていいのかわかりませんけど、彼女のお母さんは異変を私に知らせてくれたのかもしれないって、そんなふうに感じたんです。後で聞いた話では、トラックが突っ込んだ時刻が、ちょうど私が医院でお母さんを見た、まさにその時間でしたから」

でもなぜ、あのとき私に向かって微笑んでいたのか、それがわからないんですけど——。

そうC子さんは語る。

その後、トラック運転手の命はかろうじて助かったそうだが、経理の女性は病院に運ばれてすぐに亡くなってしまったという。

八十　民謡踊り

六十代の女性Bさんから聞いた話である。

二年前、Bさんは市が主催する高齢者健康大会を観に行ったという。友人が日本舞踊を舞うというので応援するためだった。

各地区がグループになって、それぞれソーラン節や社交ダンス、歌唱といった様々な出し物を発表していく。

友人の出場するところ以外は興味が持てず、Hさんは流し見をしていた。

男女合わせて十人ほどのグループが舞台にあがるとスピーカーから民謡が流れ、それに併せてヨイサ、ヨイサと踊り始める。

しばらく眺めていると、一番前で踊っている七十代ほどの男性の様子がおかしい。異様なほど顔が紅潮し、なにやらふらついたかと思ったら、バターンッ、と前からつんのめるように倒れてしまった。

客席がざわめく。しかし、他の演者たちはまるで気づいていないかのように踊り続けている。もしかしたら、そういう演出なのではないか。一瞬そう思ったが、民謡踊りでそんなものは一度も見たことがない。

結局、最後まで踊りきったところで、演者たちはようやく男性が倒れていることに気がついたようで、慌てて駆け寄っていた。

男性はすぐに救急車で運ばれたが、後日聞いたところでは、病院に着くと同時に亡くなってしまったということだった。

なぜ演者たちは男性を助けずにそのまま踊り続けていたのか。

そのことが不可解だったBさんは、大会運営を手がけていた知人に尋ねてみると、

「あのひとは最後の瞬間までちゃんと踊っていましたよ」

演者の全員が口を揃えてそういったのだという。

八十一　秋の虫

三十代の男性Sさんの話である。

小学校低学年の秋のある日、Sさんは家のなかで虫の鳴く声を聞いた。

その当時、今は亡くなってしまった祖母が畑をやっていたが、ナスやトマトなどの収穫した野菜を山ほど台所に運んでいたので、そのなかにコオロギかスズムシでも入り込んでしまったのだろうと思った。

虫はどこにいるのかと探しまわったが、まったく見当たらない。おそらく家具の隙間か野菜の葉っぱのなかにでも隠れているに違いなかった。

夜になると鳴き声は一層烈しくなった。が、それは自分の知っている秋の虫の声とはなにか少し違う気がした。

普通コオロギは「コロコロ、コロコロ」、スズムシなら「リーン、リーン」と鳴くが、聞こえてくるのは、そのどちらでもなく、初めて聞くような声だった。いったいどんな虫なのかとSさんは夢想しながら眠りに就いた。

その翌朝のこと。

小学校に入る前、よく一緒に遊んだ従妹が亡くなったという報せが入った。

持病の気管支喘息で長期入院していたが重症化してしまったのだという。息を引き取る直前まで人工呼吸器につながれ、見るに耐えないほどだったことを、Sさんは後に親戚から聞いた。

「今になって考えると、あの虫の鳴き声は、苦しげな呼吸音だった気がするんです」

あのとき、従妹はうちに来ていたのですかね――。

しみじみと、そうSさんは語る。

八十二　ホワイト・レディ

日本人女性のKさんは、三年ほど前にエーゲ海のミコノス島へひとりで旅行に出かけたという。

ミコノス・タウンと呼ばれる路地の両脇には、ところ狭しとタベルナ（食堂）や雑貨店が立ち並んでいる。敷き詰められた石畳や外壁を白く塗られた建物の連なりがとても愛らしく、ひとつひとつがお洒落（しゃれ）だな、と感じた。

テラス席には観光客や地元のひとたちが座って、お茶を飲んだり、シーフードを食べたりしている。空を見上げると雲ひとつない晴天で、それを反映したような紺碧の海が眼前に広がっている。昔から憧れていた風景だった。そのなかに今、自分が身を置いていることがとても信じられない。

——と、そのとき、Kさんは見た。

白いドレスを着た若い女が、細い路地のなかを嗤（わら）いながら歩いていた。いや、正確にいえば声は聞こえないし、足も地面についていない。大きく口を開けながら、ふわふわと宙に漂っているのである。その顔色は異様なほど青白く、髪の毛も純白だった。足元を見るまでもなく、ひとめでこの世の者でないと知れた。

女はつかみどころのない動きで、雲を踏むように歩を進めている。かと思うと、突然、ソシアルダンスさながらに身をよじって回転する。ひしめく観光客の間を巧みにすり抜けながら移動しているのだった。しかし、周囲の者たちは、誰ひとり女のことを気に留めていない。

手にしていたスマートフォンのカメラで慌ててシャッターを切ったが、十枚以上撮ったはずなのに女の姿は一枚も写っていなかったそうである。

八十三　展望台

ブラジル人の男性ブルーノさんから聞いた話。

ブルーノさんの住む街の高台には展望台があり、そこに上ると街の景観が一望できるが、夜間には行かないほうがいいといわれているそうだ。

二十年ほど前の深夜、ある若者が交際相手の女性とふたりで展望台にのぼり、夜景を眺めていると、急に恋人の様子が変わった。

とても女性とは思えない力で若者を突き飛ばし、躯のうえに乗って首を絞めつけてくる。

意識が遠のく若者の腕を掴んで立ち上がらせると、今度はフェンスから下に落そうとする。ふと我にかえった若者はなんとかそれをすり抜け、命からがらその場所から逃げ出した。

翌朝、女性は展望台の真下で墜死した姿で発見されたが、別人ではないかと思えるほど顔が変わってしまっていたという。

そんな話がまことしやかに噂されているそうだが、真相はわからないそうである。

八十四　女医

三十代の主婦S子さんの話である。

十五年ほど前、独身だったS子さんは、上京してすぐの頃に体調を崩して寝込んでしまったという。

風邪やインフルエンザという感じでもないが、とにかく具合が悪い。

心配になったS子さんは町医者に行ってみたが、理由がはっきりしないというので総合病院を紹介してもらい、受診したそうである。

詳しい検査を受けたうえで診察室に通されると、五十代半ばほどの女医が座っていて、パソコンのモニターを見ながら、

「そうね、画像と数値上では特に悪いところはないみたいだけど。どういう症状があるの？」

そう問われたので、

「うっすらと頭痛と吐き気が絶えずあって、なにもしていないのに肩と背中がひどく痛むんです。もうとにかく起きていられなくて寝ているしかなくて」

そう話しているうちに、このところの疲弊のせいか、気づくと涙が零(こぼ)れ落ちていた。

「だったらそこのベッドに横になったままでいいわよ」

そういったかと思うと、

「あなた、こういうふうになる前になにか変わったことはしていない？　なんでもいいんだけど」

と訊いてきた。

S子さんは思い当たることなどなかったが、

「引っ越しをしたくらいで、特には。先月の頭に山形県からこちらに移ってきたんです」

そう答えると、

「それよ、それッ」

と女医がいった。

「あなたの今住んでいる家に問題があるのよ。マンションかアパートかわからないけど、賃貸のおうちでしょう？　そこに住み着いている邪悪なものが、あなたをそうさせているの。このままだとあなた、死んじゃうかもしれないわよ」

総合病院の医者が、である。思わぬ言葉にS子さんが絶句していると、

「あなたはまだ若いから、お清めのやり方なんて知らないでしょう？　いいわ、ここに書き出してあげるから」

そういったかと思うと、箇条書きで十項目ほど記したメモ紙をS子さんに手渡してきた。

「騙されたと思ってやってみなさい。そういうのを受けにくいひとはいいのよ、でもそうじゃないひとは、まめにこうやって清めていないとやってられないの」

真剣な表情で女医はいった。

半信半疑でS子さんがその紙を見つめていると、

「それは受診料には入っていないから。あくまでサービス」

そういって、笑顔で送り出されたとのこと。

自宅に帰り、紙に書かれた通りに部屋を清めてみたところ、たちどころに体調が良くなり、二日もすると完全に復調したという。

結局、その家には三年ほど住み続けたそうである。

八十五　交番

編集者のRさんの住む街で国道の拡幅工事が始まり、それにともない十五年ほど前まで使われていた交番が解体されることになった。

交番といっても、見た目は普通の二階建ての古民家なのだが、制服を着た警察官の姿が、二階の窓ガラスいっぱいに映るのを度々目撃されているそうである。

三十年ほど前にそこで首を縊った男ではないかと地元では噂されているが、実際、その建物のなかで警察官が死んだことがあったのは事実らしい。しかしRさんが調べてみると、自殺の方法は首吊りではなく、ピストル自殺だった。

警官の幽霊が理由かどうかはわからないが、工事は中断ばかりしていて遅々として進まないという。

八十六　妙な電話

十九年前の秋にHさんは新婚旅行でニューヨークに行ったそうである。

殆どの日程をマンハッタンで過ごしたが、自由の女神やタイムズスクエア、チャイナタウンなどのお決まりのコースを周った。どこにいっても観光客がいて、なかでもアジア系人種が多いので、あまり旅行に来ている感じはしなかった。

ホテルはセントラル・パーク近くの高級ホテルに泊まった。人生にそう何度もあることではないので奮発したのだという。

その日、昼間の観光に疲れたのか、夕食を終えると夫婦ふたり揃って眠ってしまった。すると、部屋の電話が鳴る音で起こされた。

何時だろうと時計を見ると深夜の一時半である。フロントからだとしても少し遅すぎるのではないか。なにか緊急の用かと思いながら出ると、なにか混線しているようなノイズばしった音が受話器から漏れた。すると、女性の声が途切れ途切れに聞こえてくる。

「……わたし……もう死んじゃうんでしょう？　いや、いや……そんなのいやよッ……愛してる、あなた……もうダメ……助けてッ」

そういうと通話は切れてしまった。

そのことを妻に話すと、気持ちが悪いからホテルに確認してみてよ、という。すぐにHさんはフロントに電話を掛けて、今のコールはなんだったのか、と尋ねてみたが、電話などしていないし、なんのことかわからないというのだった。

その後は特に変わったことは起こらず無事に帰国したが、それから一年が経ったある日、テレビを見ていたHさんと妻は画面に釘付けになった。

ニューヨークの世界貿易センタービルに旅客機が突っ込んだというニュースだった。まるで映画かなにかを見ているようで、現実に起きている出来事とは思えない。

「ここってさ、新婚旅行のとき俺たち眼の前を通ったよな」

するとと妻が、

「そうよ、今日って九月十一日でしょう。私たちが行ったのも九月十一日からだったじゃない。本当にちょうど一年前よ」

その日は終日ニュース番組ばかり観ていたが、眠るときにふと、ニューヨーク滞在初日にホテルの部屋に掛かってきた電話のことを思い出した。

受話器から聞こえてきた女の声やその内容、それに日にちの符合など、単なる偶然とは思えず、なにか妙な胸騒ぎをおぼえた。妻はすっかり忘れているのか、電話のことについてはなにもいってこなかったが、あの声を直接には聞いていないせいなのかもしれなかった。

ところがふた月ほど経った頃、急に妻が思い出したように、

「私たちが泊まった部屋も９１１だったのは覚えてる？　チェックインしてルームキーをもらったとき、あっ今日の日付だ、って思ったのよ。でも、偶々（たまたま）にしてはちょっとできすぎじゃない？　なんだかわたし、気味が悪くなっちゃって――」

不安げな表情でそういったそうである。

八十七　路地の女

十年ほど前、Eさんが会社から帰宅する途中、細い路地を通らねばならなかったが、そのとき高い確率でひとりの女とすれ違ったという。

女は右腕に包帯を巻き、足にもギブスをはめ、杖を突きながらぎくしゃくと歩いてくる。見かけるのは夜間なので歳のほどはよくわからなかったが、若くはないという。

そんな満身創痍の姿だというのに、これほど頻繁にどこかへ出かけなければならない理由はなんだろうとEさんは思っていた。

すれ違う瞬間、女は「すみません……」と必ずEさんのほうに顔を向けていった。

細い路地といってもぶつかりそうになるほどではない。道幅は三メートルほどあるのだ。なぜ謝るのだろうと直接女に理由を尋ねてみたかったが、結局そうすることはなかった。

仕事の都合でEさんは他県へ引っ越してしまったからである。

「僕がその街に住んでいたのは五年間でしたが、その間ずうっと包帯姿の女のひとと路地ですれ違い続けたんです。それだけの時間でけががまったく癒えないなんて、そんなことってありますかね」

そうEさんから問われたので、

「けがといっても、どんなものかわかりませんから。治りかけてはまた痛めてしまう、そんなこともあるかもしれませんよ」

私がそういうと、

「それがですね、大学時代の友人が、以前僕の住んでいた街に家を建てたそうなんです。それで色々話をしていたら、商店街を抜けたところの路地に女の幽霊が出るという噂があるっていうんです。僕が女のひととすれ違ったのは、まさにその路地なんですよ」

あのひとはもしかしたら、そういうものだったんですかね——。

神妙な顔で、そうEさんは語った。

八十八　ブラウス

アパレル関係に勤める四十代の女性Bさんから聞いた話である。

Bさんは高校卒業後、服飾の専門学校に通っていたが、進学する際にお金を捻出してくれた祖母に一枚のブラウスを手作りしてプレゼントしたという。

採寸はもちろん、デザインも一からBさんが考えて縫い上げたそのブラウスは、自分でもほれぼれとする出来栄えだった。

祖母にプレゼントすると、とても喜んでくれたが、大事にしてくれていたのか、クローゼットに仕舞ったままで、着ているところは見たことがなかったそうだ。

専門学校を卒業後、Bさんは都内のアパレルメーカーに就職したが、忙しさにかまけて実家にはあまり帰ることはなかった。

そんなある日、母から電話があり、祖母が風呂場でヒートショックによって倒れ、そのまま亡くなってしまったというのだった。急なことでBさんは愕いたが、とりあえず会社を休んで久しぶりに帰省した。

葬儀の際、棺のなかに故人が大切にしていたものを入れてもいいといわれ、Bさんはプレゼントしたブラウスを入れることにした。天国で着てくれたらいいな、と思ったのだった。

祖母の部屋のクローゼットを開けると、自分のあげたブラウスがハンガーに掛かっていたが、着たような形跡はまったく見られなかった。

気にいってくれなかったのかな、と少し悲しい気持ちになったが、捨ててもいないのだからと自らを慰め、家族に相談したうえで棺に入れることにした。

それから半年ほどが経ち、祖母の新盆でBさんは帰省した。

親戚たちもたくさん集まっており、Bさんも会ったことのないような小さな子どもたちも来ていた。

すると、そのなかの幼稚園生ほどの女の子が、

「さっきしらないおばあさんにあたまをなでられたよ」

という。

その日、来ている親戚たちを見回しても、お婆さんといえるようなひとはひとりもいない。せいぜい四十代前半が年長で、Bさんの母親は五十代ではあるが、年齢よりも若く見えるのだから、お婆さんといわれるほどではない。

もしや、とBさんは腰を屈めて、

「ねえ、それってどういうお婆さんだった？」

そう尋ねると、

「うん、オレンジいろのシャツをきててね。それかわいいねっていったら、ねえいいでしょう、にあってるかい、ってきかれたよ」

その言葉を聞いたとたん、Bさんは涙が溢れて止まらなかった。

彼女が祖母にプレゼントしたのは、オレンジ色のブラウスだったからである。

八十九　クレーンゲーム

三十代の会社員Fさんはクレーンゲームが好きで、ゲームセンターに行くと必ず一万円は使ってしまうという。

そんなFさんだが、六年ほど前、川崎のゲームセンターで一度だけ奇妙な体験をしたそうだ。

いつものようにクレーンゲーム機の前に立ち、どうやったら景品のマスコットが獲れるか考えていた。姪っこが集めているキャラクターだったので、あげたら喜ぶだろうなと思ったのである。

「これはてまえねらいだね」

「うしろでしょ」

「いや、かくりつきだからむりだろう」

そんな声が背後から聞こえてくる。ギャラリーでも集まっているのかと、後ろを見ると、なぜか誰もいない。

おかしいなと思いながら小銭を投入し、自分なりに狙いを定めて操作してみたが、獲ることはできなかった。

すると——。

「だからそこじゃだめだって」

「へったくそだねー」

またそんなふうに聞こえたので、すぐに振り向いたが、やはりギャラリーなどいない。周辺にもひとの姿はなかった。

少し気味悪く思ったそのとき、小銭を入れていないのに勝手にゲーム機が動き出した。

そのことに吃驚していると、クレーンの爪がマスコットの手前を摘まむようにして、大きく持ちあげる。

——あッ、獲れる。

と、そう思ったが、大きく一回バウンドしただけで結局下には落ちなかった。

「それっきり声は聞こえなくなりました。しかし、あれだけうるさいゲームセンターのなかで、あんなふうにはっきりとひとの声が聞こえるのもおかしい話ですけどね」

そうFさんは語った。

九十　ナイトクルーズ

二十年ほど前、主婦のYさんは香港のビクトリア・ハーバーのナイトクルーズに参加したそうである。ビクトリア・ハーバーは百万ドルの夜景とも称され、世界三大夜景のひとつといわれている。

Yさんは船の舳先に立ちながら、ひしめくように建つ高層ビルディングが織りなす美しいネオンの光景に陶然としていた。すると、酒に酔った夫がやってきて、

「写真を撮るからさ。ビルをバックに立ってみてよ」

そういうので、デッキの手すりにもたれるように立ち、カメラを構えた夫のほうに向いた。

「はい、チーズッ」

夫がシャッターを切った刹那、後ろから腰に手をまわされる感覚があり、吃驚して声をあげた。すぐに振り向くが、背後は海とあって、もちろんひとの姿などない。黒い波しぶきが立っているだけである。それに手すりにもたれているのだから、自分の後ろにひとが入り込むようなスペースはないはずだった。

どうしたのかと夫に訊かれたが、きっと気のせいだろうと思い、なんでもないわ、と答

えた。

その後はなにごともなく、旅行を満喫して無事に帰国した。

それから数日後のこと。

夫が写真の現像ができたというので、ふたりで一枚一枚眺めながら、旅の思い出を話し合っていた。

すると、ある一枚の写真にふたりは釘付けになった。

それはナイトクルーズのときの写真で、ビル街を背景にYさんを撮影した例の写真だった。一見、なんの変哲もない一枚に見える。しかしよく見ると、Yさんの腰の部分に褐色の腕が二本、後ろから抱き締めているようにはっきりと写っていた。

やはりわたしは腰に手をまわされたのだ。海のなかから出てきた何者かに——。

あのとき夫にはいわなかったのだから、そういったことはなにも知らないはずである。

だが、夫は写真を見るなり、なにかよからぬものを感じたようで、その場で四つに引きちぎると、ライターで火をつけて灰皿のうえで燃やしてしまった。

もっともネガフィルムは捨てておらず、家のなかにあるはずだが、写真を撮影した夫も数年前に亡くなってしまい、今はどこにあるのかわからないという。

九十一　恋人を亡くした男

四十代の会社員Dさんから聞いた話である。

十年ほど前、Dさんの友人にIさんという男性がいた。

Iさんには結婚を約束した恋人がいたが、車の運転中に事故に遭って、女性は亡くなってしまったという。

Iさんは悲嘆にくれ、仕事も休みがちになり、ついには会社を辞めてしまった。

外出もほとんどしていないようで、ひきこもりになってしまったそうだ。

見かねたDさんは、心配してIさんのアパートを訪ねてみたが、綺麗好きだったはずなのに足の踏み場もないほどに散らかっていた。愕いたのは、そればかりではない。

Iさんは女装していたのである。

彼女が部屋に置いていったとおぼしき洋服を着て、メイクやネイルまでしているが、それを見ると、亡くなったIさんの彼女そっくりなので、思わず言葉を失った。

恋人を亡くした喪失感から、精神が不安定になってしまったのかもしれない。それで恋人そっくりに着飾るようになったのだろうか。

鏡を見ればいつでも彼女がいる——そんなふうに思っているのではないか。

掛ける言葉もなく、コンビニで買った差し入れの食料を渡すと、その日はなにもいわず帰ってきたのだった。

ところが――。

それから十日ほど経った頃のこと。

駅ビルのなかをDさんが歩いていると、ある店先でIさんの恋人を見かけた。いや、それは女装したIさんに違いないが、体型や歩き方や身のこなし、どれをとってみても、男性の面影など微塵も残っていない。もはや女性以外のなにものでもなかった。

後を追っていくと、ごく自然な感じに女性用トイレに入っていく。

声を掛けてみようと外で待っていたが、おかしなことにいつまで経っても出てこない。三十分以上現れないので、もうとっくに出てきてしまっているのではないかと思った。

やはりさきほどの女性はIさんでもなんでもなく、普通の女のひとだったのだろう。後ろ姿が似ているというだけで、きっと前から見たらそれほどではなかったのだ。だからトイレから出てきても気づかなかったのに違いない。

――と、そのとき、得体のしれない妙な胸騒ぎをおぼえた。

その場から離れると、彼は電車に乗ってIさんのアパートへ向かった。

部屋の前に着き、呼び鈴を押してみるが出てこない。ドアを何度も叩きながら友人の名前を連呼すると、がちゃがちゃ、と隣室の扉が開く音がした。

すると、顔を出したランニング姿の中年の男が、

「あんた、知らなかったのかい。そこの部屋のひとはもういねえよ。三日ばかり前に死んじまったから。硫化水素。このアパート中みんな避難しろって大変だったんだよ」

迷惑そうな顔で、そういったそうである。

九十二　ボワーチョークの怪

イングランド南部ウィルトシャー州のボワーチョークといえば、ミステリー・サークル（英語名クロップ・サークル）が有名である。

二〇一五年八月に広大な麦畑に出現したクロップ・サークルは、第二次世界大戦時に欧州を恐怖に陥れたナチスドイツの親衛隊ＳＳに関連した「ブラックサン」のオカルトシンボルに酷似しているといわれている。

誰がどういった目的で作ったのかは判明していないが、二百フィート（約六十メートル）にも及ぶほど巨大かつ正確無比な造形のため、大きな謎に包まれているそうだ。

もっともクロップ・サークルに関しては、一九九一年にイギリス人のダグ・バウワーとデイブ・チョーリーというふたりの老人が自分たちの仕業であると自白したため、今日では、その殆どが人為的ないたずらだと考えられている。

しかし、クロップ・サークルの記録自体は七百年以上も前から残っており、どうやっても人力では考えられない現象もあるとのことで、真相は明らかになっていない。

現在五十代の日本人男性Ｄさんは、十年ほど前にひとりでイギリス旅行をした際、レンタカーを借りてボワーチョーク一帯を巡ったという。

見渡す限りの大草原である。車を降りて、深く深呼吸をした。周囲数百メートル、いや数キロに亘って、自分以外誰もいないように思えた。

するとそのとき、雲ひとつない青空に妙なものが見えた。

大空をスクリーンにした、なにかの映像のようなものが映っているのである。最初はおぼろげだったが、次第にピントが合うように明瞭になった。慌てて眼をこすったが、見間違いなどではない。

矢や盾を手にした多くの男たちが、叫び、ぶつかりあっている。――殺し合いをしているのだ。

女性のスカートのような甲冑姿。馬に乗る者もいれば、そうでない者もいる。胸に矢が突き刺さり口から血を流す者、首がちぎれそうになっている者、馬から投げ出される者、脚を切られて転倒する馬、両腕を失った者、そういった者どもが俯瞰で――まるで神の視点のように映し出されているのだ。

それがどれほどの時間、空に映っていたのか、はっきりとは覚えていない。

十分ほどは見えていたように思う、とDさん。

これは帰国してから知ったことだそうだが、この草原では昼夜を問わず、頭のない馬の目撃談が報告されているという。馬の亡霊とともに烈しい戦闘の音が、風に乗ってどこからともなく聞こえてくるとのこと。

紀元前に侵攻したローマ軍と英国人（ブリタンニアン）が相まみえた場所とはいえ、これらの出来事が本当ならば、二千年以上も怪異が続いているというのだから物凄まじい話である。

九十三　水死体

ダム職員だったWさんの話である。

十五年ほど前の初秋の朝、いつものように保守点検のためにダムを見まわっていると、貯水池のちょうど真ん中の辺りにひとのようなものがうつ伏せになって浮かんでいるのが見えた。経験上、すぐに水死体だと思い、事務所に報告を入れた。

ほどなくもうひとりの職員がやってきて、双眼鏡で確認してもらうと、死体で間違いないという。早速ボートを水面に浮かべ、死体らしきもののほうに向かって、Wさんと同僚はオールを漕いだ。すると——。

あと五メートルというところで、忽然と死体らしきものが消えてしまった。

思わず同僚と顔を見合わせる。

いったいどこへ行ってしまったのか。

すぐに周囲を見まわすが、そんなものはどこにもない。水が濁っているため見えにくいが、もしかしたら底のほうに沈んでしまったのか。

肺に空気がない水死体が沈むことはあるが、元々は浮かんでいたものなのだ。水面にあったものが後から沈むなどということはありえるのだろうか。だが、そこに死体らしきものがあったのは、同僚とふたりで目撃しているのだから、たしかなことである。

その後、ダイバーを入れて捜索してみたが見つからなかった。ひとの死が関係しているとあって、後日様子を見ながら放流までしてみたが、死体などひとつも出てこなかったという。

ただ、Wさんの働いていたダムは、かつて自殺の名所として有名だったそうである。

九十四　咀嚼音

深夜、Uさんが部屋で受験勉強をしていると、くちゃくちゃ、くちゃくちゃ、とガムを噛むような音がする。両親は寝ているし、弟も隣の部屋で眠っているはずだった。

いったいなんの音だろうと思ったが、どう考えてもチューインガムを咀嚼(そしゃく)する音以外のなにものでもない。――と、そのとき、二年前に亡くなった兄が、今まさにこの部屋に来ていると直感した。鼻腔(びくう)がある匂いを感じとったからである。

兄はUさんの志望校に通っていたが、高校三年生の春、不幸にも事故に遭って亡くなってしまったのだった。

その兄はガムを噛むのが癖で、見るたびに顎を動かしていた。それは必ずブルーベリー味で、兄の口元からは常にその匂いが漂っていたそうである。

九十五　条件反射

二十年前、Ｆさんはリトルリーグに所属していたが、ある大会でのこと。

その日の試合は後攻だったため、Ｆさんは一塁の守備についていた。

ツーアウトでランナーはいない。あとひとつアウトを取れば交替である。

エースピッチャーがふりかぶって球を投げた瞬間、キャッチャーのＨ君が急に立ち上がりキャッチした。そして、やにわにセカンドに向けて矢のような送球をした。

二塁手はボールが来るとは思っていなかったので慌てたように飛びついたが、後逸してしまった。そのためセンターの選手がボールを取ることになった。

後でＨ君に訊いてみると、ランナーがいないことは頭でわかっていたが、一塁から二塁に向かって全速力で走る者がいたので反射的に投げてしまったのだという。

九十六　手紙

十年ほど前、K子さんの自宅マンションのポストに一通の手紙が入っていた。

宛名にはK子さんの名前があり、裏の差出人名を見ると、数年前まで交際していた恋人の名前が書かれているが、住所などは記されていない。クセのある字はたしかに元彼のものだった。

引っ越したばかりだというのに、なぜわたしの住所を知っているのか。もっとも、共通の友人や自分の親が教えてしまったのかもしれなかった。

訝りながら開封すると、一枚の便せんが二つ折りで入っている。抜き出して開いてみると、ふたりが別れたことの後悔や死にそうにつらかったことが綿々と書き綴られていた。

別れて何年も経っているというのに、今更なにをいっているのか。

腹がたったK子さんは、手紙を細かく破いてごみ箱に捨ててしまった。

それから数日経った頃、元彼の共通の友人と会う機会があり、実は——と先日ポストに入った手紙のことを打ち明けてみた。

すると、そんなはずはないと友人がいう。

「わたしと別れた後にすぐ外国人の女性、フィリピン出身のひとらしいんですけど、付き合い始めてトントン拍子に結婚したというんです。その後すぐに彼女の国に移住したって――」

もしそうであるなら、結婚生活がうまくいかずに帰国したのではないか。独り身が寂しくてあんなふうに未練がましい手紙を送ってきたのではないか。

そんなふうにK子さんは感じ、そのことを友人に話してみると、

「だからそんなはずはないんだって。……あのひと殺されちゃったんだから」

深夜ひとりで歩いているときに強盗に襲われ、後頭部を銃で撃たれて死んだというのである。

元彼の結婚や亡くなったことは、皆でK子さんを気づかって伝えないようにしていたとのことだった。

九十七　廃病院

美容師のEさんは高校三年生の頃、地元で心霊スポットと噂されていた廃病院に友人たちと行ったという。

いざ着いてみると皆怖がってなかに入ろうとしない。Eさんも多少は不気味に感じたが、霊的なものは信じていなかったので、懐中電灯を持って建物のなかに入ってみた。

「まあよくある廃墟って感じで、それほど怖くはなかったんです」

ひとりで最上階まで上がって帰ってきた。友人たちは入り口で待っていて、Eさんが戻ってくると、

「お前すげえな」

と皆口々にいってくる。たいしたことねえよ、とEさんは答え、なにごともなく帰宅した。

ところが。

朝になると起き上がることができない。両足に力が入らないのだ。母親が手を貸しても立つことができないので、どうしようもなく救急車を呼んだ。

病院で検査を受けると両足の脛が複雑骨折していた。

医師にもどうしてこうなったのかと問われたが、なにもいうことができなかった。不思議なのは、立てないというだけで、骨折による痛みがまったくないことだった。

その後、膝下から芯棒を入れてボルトを固定させる手術をしたが、術後は死ぬほどの苦しみだったという。

九十八　ハーモニカ

Hさんが就職したばかりの頃、会社の近くに小さな公園があり、そこで昼飯を食べることが多かったという。会社のなかで食べてもいいのだが、五分でも十分でも職場から離れて羽根を伸ばしたかったそうだ。

そんなある日のこと。

コンビニで買ったサンドイッチを食べていると、どこからともなくハーモニカの音色が聞こえてくる。どこかで聞き覚えのあるメロディーだが、なんという曲名なのか思い出せない。ただ歌謡曲というよりは、子どもの頃よく耳にした童謡のような旋律だった。

——ええと、これなんだっけ。

近くでハーモニカを吹いているひとがいるのかと、そう大きくはない公園のなかを見回してみるが、そんな者はいない。公園に面した通りにもそのようなひとはいないようだった。

おそらく近くの建物のなかで吹いているひとがいて、その音がここまで聞こえてくるのだろうと、そのときは思っていた。

それから数日経った頃、仲のいい同僚と件の公園のベンチで昼食をとっていると、再びあのハーモニカの音色が聞こえてくる。

「いつも誰かがハーモニカを吹いているんだよね。あれなんて曲かわかる？」

そう尋ねると、

「なにいってんの。そんな音、全然聞こえないけど」

思わぬ答えに吃驚して、

「嘘だろう、あれが聞こえないっていうのか？」

Hさんがそう尋ねても、同僚は笑いながら首を横に振るだけだった。

その後はしばらく天候が悪かったこともあり、一週間ぶりに公園で昼食をとっていると、八十代ほどの老女がシルバーカートを押しながら眼の前を通り掛かった。

ちょうどそのとき、例のハーモニカの音色が聞こえてきた。すると女性は立ち止まり、耳に手を当てながら、

「ああ、聞こえてくる、あのひとのハーモニカ。『浜辺の歌』、懐かしいわねえ」

ひとりごとのようにそう呟いている。

その言葉で、やはり聞こえていたのは自分だけではなかったのだと安心した瞬間、老女はHさんのほうを振り向いて、

「あのひと死んじまったからな。そこのベンチで」

はっきりとそういって去っていったという。

九十九　路上ライブ

会社員のKさんは、以前ミュージシャンになるのが夢だったそうだ。

連日のように繁華街のアーケードのなかで弾き語りをしていたが、いつも必ず来てくれる若い女性客がいた。

歌っているときに、ああ今日もいるな、と思うのだが、ある決まった曲になると、知らないうちに自分のすぐ眼の前で膝を抱えながら座っている。そして毎回涙を流しながら聴いているのだという。

「高校のときに付き合っていた彼女が病気で亡くなってしまったんです。そのコのことを想いながら作った曲だったんですけど――」

しかし、プロにはとてもなれそうもないと就職活動をし、内定をもらったその日、路上ライブは今日で終わりにしようとKさんは決意した。

ギターを持ってアーケードのいつもの場所に向かう。

座って弾き始めると、ぽろぽろとギャラリーが集まってきた。自分の歌を聴きたいと思ってくれるひとが少なからずいることに、Kさんは感謝してもしきれない思いだった。

珍しいことにいつもの女性客は来ていないようだった。そんなこともあるんだな、と思いながら、亡くなった恋人を歌った、例の曲の前奏を弾き始める。自分としても思い入れのある大事な曲だった。

するといつのまにか、あの女性客が眼の前で膝を抱えて座っている。そして頬に涙を伝わせながらKさんの歌を一緒にくちずさんでいるのだった。

歌い終わった後、就職が決まったのでここで歌うのは今日が最後です、とKさんがいうと、ギャラリーの反応は様々だったが、おめでとう、といつもより多く投げ銭してくれる客もいた。

最後だからあの女性と話してみようと、いつも来てくれてありがとうございます、といってみた。すると、

「最後の曲、あたし本当に大好きなんです。亡くなった恋人のことを歌ってるんですよね？　きっと彼女さん、天国で喜んでいると思いますよ」

と、そういってくれた。

別れ際に、がんばってくださいね、といって手を差しだしてきたので、Kさんは女性の手を握った。――と、その瞬間、後ずさりするほど吃驚したという。

真夏だというのに、氷のように冷たかったからである。

愕きのあまり、一瞬、自分の掌をまじまじと眺め、すぐに前を向くと、どうしたことか女性は忽然といなくなっている。時間にしたら一秒か二秒ほどしか経っていない。

「あの女のコ、実は幽霊だったんじゃないかなって――」

莫迦げているとは思いながら、そんなふうに思えて仕方がないという。

いにしえからの作法に則り、九十九話にて完とする。

あとがき　——百話目に代えて——

今シリーズも四冊目となり、もはやライフワークとなった感がある。私の怪談作家としてのスタンスやポリシーといったものは、これまでも著作のなかで折に触れて記しているが、本原稿を書いた後にその代表例ともいうべき話を聞くことができたので、最後にご紹介し、あとがきに代えさせていただきたいと思う。

七十代の女性C子さんの話である。

二年前のある日、C子さんの自宅のインターフォンが鳴ったので出てみると、自分と同年代の女性が立っている。

「ご無沙汰しております。その節はお手紙をいただいたりして、ご挨拶しなきゃと思っていたのですけれど、なかなかこちらまで足を延ばせなくてねえ——」

と、そんなことをいってくるが、誰なのか思い出せない。どなたですか、と訊くのも失礼と感じて、適当に相槌を打った。そのうち思い出すだろうと思っていたが、結局わからないうちに客は帰っていった。

夕餉の席で、昼間の訪問客とその女性の風貌について夫に話してみると、

「そりゃあ、A商店のおかみさんじゃねえか」という。

A商店というのは、五十年ほど前、結婚した当初住んでいたアパートの近くにあった電器店だった。当時、集合住宅では電話がない家が多く、C子さん夫婦に連絡をとりたい者がいた場合、その商店に電話をすると取り次いでくれたのである。

そういわれて、たしかにあのおかみさんに違いないとC子さんも思った。転居するとき、お礼の手紙を出したこともある。あれから半世紀も経っているというのに、なぜ今頃になって挨拶にきたのか。たしかに昔世話にはなったが、ほんの二、三年間のことである。それに夫も簡単な容姿の説明だけで、どうしてA商店のおかみさんとわかったのか不思議で仕方がなかった。夫にそのわけを訊くと、「実は数日前にふとA商店のことが頭に浮かんだ」というのだった。折角、来てもらったのに、玄関先だけで帰してしまったことが今更ながら悔やまれた。

一週間後、菓子折りを持ってC子さんは数十年ぶりにかつて住んだ街に行ってみた。景観はだいぶ変わったが、思い出しながら時間を掛けてA商店のあった場所にたどり着いた。

店の外観は違うが、看板があるので商売は続けているらしい。

ごめんくださいい、と入っていくと、現在の店主だろうか四十代ほどの男性が、いらっしゃいませ、といって立ち上がった。おそらくは息子さんなのだろう。

「だいぶ昔ですが、こちらの奥様に大変お世話になった者です。先日も拙宅にお越しいただいたのに、なんだか失礼をしてしまいまして――」

そういいながら持ってきた菓子折りを手渡すと、

「……それは、うちの母のことですかね？　おふくろは――」

十年前に亡くなっておりますが。

戸惑った様子で、男性はそう答えたという。

神無月に　　　丸山政也

奇譚百物語　獄門

2019年11月4日　初版第1刷発行

著者　丸山政也

デザイン　荻窪裕司（design clopper）

企画・編集　中西如（Studio DARA）

発行人　後藤明信

発行所　株式会社 竹書房

〒102-0072 東京都千代田区飯田橋2-7-3
電話03（3264）1576（代表）
電話03（3234）6208（編集）
http://www.takeshobo.co.jp

印刷所　中央精版印刷株式会社

定価はカバーに表示しています。
落丁・乱丁本は当社までお問い合わせ下さい。

ISBN　978-4-8019-2044-6　C0193